이 순신의

심중일기

❷

이순신의 심중일기 ❷

초판 인쇄 2023년 12월 15일
초판 발행 2023년 12월 20일

지은이   유광남
펴낸이   김상철
발행처   스타북스
등록번호   제300-2006-00104호
주소   서울시 종로구 종로 19 르메이에르종로타운 B동 920호
전화   02) 735-1312
팩스   02) 735-5501
이메일   starbooks22@naver.com

ISBN   979-11-5795-716-3 04810
          979-11-5795-714-9 (세트)

이 책의 본문에는 '을유1945' 서체를 사용했습니다.

이 순 신 의

심중일기

心中日記

유광남 장편소설

②

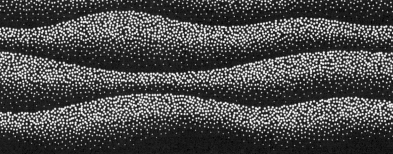

스타북스

작가의 심중일기

꿈을 꾸었다. 일등 대한민국에 꼴등 정치를 하는 권력의 위선자들이 함몰되어가는 심판의 역사를 생생히 꿈꾸었다. 그래서 탄생한 것이 팩션 소설 '이순신의 심중일기'다. 조선왕조 500여 년의 동안 가장 처참한 시기라 할 수 있는 사건은 임진과 정유의 난, 이른바 임진왜란壬辰倭亂 조일전쟁이다. 당시 일본으로 끌려간 도공과 부녀자 등 포로의 숫자가 수만 명에서 수십만이라는 설이 있고 사상자는 헤아릴 수조차 없다고 한다. 이 오욕의 비참한 역사는 무능하고 부패한 위정자들의 몫이라 할 수 있다. 특히 당시 왕 선조는 왕권을 구축 소유하기 위하여 집착했다. 그래서 충신 김덕령 장군을 매질로 때려죽이고, 구국의 영웅이라는 수군통제사 이순신 장군 역시도 모략으로 희생시키려 했었다.

당시 삼국전쟁(조선, 일본, 중국)으로 인하여 동북아시아는 일대 격렬한 변화의 시기에 도달하게 된다. 여진의 누르하치는 명나라를 붕괴시킨 후 중국 청나라를 탄생시키고, 임진왜란을 일으켰던 도요토미 히데요시는 몰락하고 도쿠가와 이에야스의 막부가 정권을 장악하며 근세 일본의 봉건제 사회를 확립하는 등 주변 열강은 새롭게 태동한다.

그러나 조선은 그리하지 못했다.

처참하게 망가진 조선이 가장 먼저 개혁하고 변신해야 했음에도 불구하고 이 나라는 기득권 세력들이 여전히 왕조의 대를 세습한다. 그 결과 조선은 이후 여진 오랑캐가 장악한 중국 청나라에 의해서 왕 인조가 삼배를 올리고 아홉 번을 머리 찧는 굴욕의 병자호란丙子胡亂 등 이루 말할 수 없는 치욕과 수모를 겪게되며 간신히 명맥을 유지하던 조선왕조는 결국 일본에 의해서 강제적 병탄倂呑을 당하게 되는 치욕을 맞이하게 된다. 그래서 꿈을 꾸게 된 것이다.

만일 그때 이순신 장군이 역성혁명을 일으켰다면, 그리하여 새로운 조선이 건국되었다면 우리의 역사는 어떤 모습으로 변했을까? 당시 유일하게 완벽한 수군을 보유했으며 의병들과 백성들에게 신망을 받았던 이순신 장군이 정권을 잡게 되었다면 일본에 대한 철저한 응징을 가했을 뿐만 아니라 여진 청나라의 건국이 순조롭게 이루어질 수 없을지도 모른다. 어쩌면 이순신 장군의 무적함대와 새롭게 조련될 조선의 군대는 일본을 정벌하고 중국을 평정했을지도 알 수 없는 일이다. 이것이 이순신이 꿈꾸는 나라이고 조선인들이 꿈꾸는 나라가 아닐까.

　　강한 조선! 당당한 조선! 그 어느 누구도 조선의 백성 단
　　한 명을 상하게 할 수 없는 강력한 조선...! 바로 이순신이
　　꿈꾸는 나라!

　　국력이 강한 나라, 당당한 나라! 그것이 이순신의 심중일기心中日記에 핵심이다.
　　이순신 장군을 시기한 당시 왕 선조는 억지 모함을 꾸며 이순신을 죽이고자 한다. 이유는 왕권에 대한 불안이었으리라 추측되는데 그렇게 작심하여 함정을 팠던 왕이 어째서 신하의 상소 하나에 마음을 열고 이순신을 방면放免 풀어주었을까? 우리는

판중추부사였던 정탁의 상소문 '신구차伸救箚'로 인해서 죽음의 위기를 맞이했던 이순신 장군이 구명되어 백의종군하게 된 것으로 알고 있다. 워낙 명문의 상소문이라서 왕의 마음을 움직였다는 것이라지만, 그리 쉽게 석방할 것이었다면 애초에 선조는 그런 무리수를 두지 않았을 것이다. 전쟁 중에 수군의 총사령관을 파직하고 압송한다는 것은 이치에 맞지 않는 것이다. 그 미스터리를 추적하다가 발견한 것이 바로 이순신 장군의 '장계(왕에게 올리는 보고서)' 였다.

역사의 기록 조선왕조실록의 '선조실록' 편에서 사라졌던 이순신의 '장계'를 '선조실록'이 아닌 후에 인조와 효종 때 편찬된 '선조수정실록'에 등장한다. 그래서 이순신 장군은 결국 그 장계로 인해서 스스로 자신을 구명할 수 있었던 것이 아니었을까?

또 김덕령 장군의 죽음에 대한 필자의 의혹도 이 소설을 통하여 단서를 찾아내게 되었다. 당시 의병장으로 활동했던 김덕령, 고언백, 곽재우 장군 등 의병장들이 '이몽학의 난'에 연루되어 구금되었으나 유독 김덕령 장군만이 억울한 죽음을 맞이하게 된다. 그 이유를 소설 속에서 감히 밝혀내고자 했다. 이순신 장군은 난중일기가 아니라 마음속의 심중일기心中日記를 옥중에서 작성한다.

그가 외치고 싶었던 가슴속 심중에 남아있는 말은 과연 무엇이었을까? 무능한 왕과 당권당쟁黨權黨爭의 부정부패不正腐敗한 신하들을 향해서 내려질 이순신의 준엄한 심판! 반역反逆은 과연 존재하는 것일까?

이 책의 서술敍述에 있어서 현대 독자들의 기호에 맞도록 가능한 어렵고 고리타분한 문장을 구사하지 않으려고 노력했다. 역사적 사실을 왜곡하고 호도糊塗할 수 없기에 작가적 상상과 소설의 허구를 나와 이순신 장군의 심중일기, 혹은 꿈으로 표기했다.

새로운 역사의 대중적 해석을 기대하며 팩션 소설 '이순신의 심중일기'를 함께해 주시기를 희망한다.

삼각산을 기리며

차
례

15장

×

국청의 희망

드디어 국문鞫問이 시작 되었다.

내게 가해질 고초는 두렵지 않았다.

단지 결백을 주장함에 있어 어전회의에서 원하는

바를 주지 못한다면 난 죽게 되리라.

고작 목숨을 구걸하기 위한 변명辨明 따위는 싫다.

나라와 백성을 대함에 추호의 부끄러움도 없다.

난 싸웠고, 죽도록 싸웠고 그리고 승리했다!

과연 나의 희망은 이순신의 나라인가?

운명運命이란 이상한 영감靈感을 동반한다.

-이순신의 심중일기 1597년 정유년 3월 11일 신축-

"과인의 생각은 변함이 없다. 통제사 이순신의 죄상에 대하여 그대들의 의견을 듣고 싶도다!"

정릉동 행궁의 어전에서 선조는 대신들을 모아 놓고 본격적으로 이순신의 죄를 물었다. 영의정 유성룡의 모습은 보이지 않았다. 그는 병환을 핑계로 참석지 않고 있었다. 왕 선조는 작심하여 비판을 가하였다.

"이순신李舜臣이 조정을 기망欺罔한 것은 임금을 무시한 죄이고, 적을 놓아주어 치지 않은 것은 나라를 저버린 죄이며, 심지어 남의 공을 가로채고 모함하기까지 하며 방자하기 짝이 없도다. 이렇게 허다한 죄상이 있고서는 법에 있어서 용서할 수 없는 것이니 죽여야 마땅하다. 신하로서 임금을 속인 자는 반드시 죽이고 용서하지 않는 것이므로 지금 형벌을 끝까지 시행하여 실정을 캐어내려 하는데 어떻게 처리할 것인지 대신들에게 하문하라."

사헌부의 관리인 지평 강두명이 허리를 굽히고 게거품을 물었다.

"통제사統制使 이순신李舜臣은 막대한 국가의 은혜를 받아 순차順次를 뛰어 벼슬을 올려 주었으므로 관직이 이미 최고에 이르렀는데, 힘을 다해 공을 세워 보답할 생각은 하지 않고 바다 가운데서 군사를 거느리고 있은 지가 이미 5년이 경과하였습니다. 군사는 지치고 일은 늦어지는데 방비하는 모든 책임을 조치한 적도 없이 한갓 남의 공로를 빼앗으려고 기망欺罔하여 장계를 올렸으며, 갑자기 적선이 바다에 가득히 쳐들어 왔는데도 오히려 한 지역을 지키거나 적의 선봉대 한 명을 쳤다는 말은 듣지 못하였습니다. 뒤늦게 전선戰船을 동원하여 직로直路로 나오다가 거리낌 없는 적의 활동에 압도되어 도모할 계책을 하지 못했으니, 적을 토벌하지 않고 놓아두었으며 은혜를 저버리고 나라를 배반한 죄가 큽니다. 율에 따라 죄를 정하소서."

삼월 초 관직을 제수 받은 지중추부사知中樞府事 심희수가 머리를 조아렸다.

"조정을 기망欺罔하고 임금의 명을 무시한 죄를 지은 자이오니 국법의 지엄함을 보여줘야 할 줄 아룁니다."

이어 마치 기다렸다는 듯이 좌의정 육두성도 거북한 음성을 토해냈다.

"이순신은 비단 어명을 거역했을 뿐만 아니라 적을 놓아주어 치지 않았사옵니다. 이것은 나라를 저버린 행위로써 절대 용서할 수 없는 죄이옵니다. 마땅히 엄벌에 처해야 하옵니다."

이조판서 이우찬도 거들었다.

"그는 남의 공적을 때때로 가로채고 심지어 모함까지 하였사옵니다. 원균의 장성한 아들을 마치 어린아이인양 농락하여 공적을 비하卑下하였습니다. 이렇게 많은 죄목이 있으니 어찌 그를 살려둘 수 있겠사옵니까."

대신들은 이미 임금의 의도를 충분히 숙지하고 있는 듯 일제히 이순신을 성토하였다. 병조판서에서 관직이 공조판서로 바뀐 이덕형이 슬쩍 오성 대감 이항복에게로 고개를 돌려 무언의 눈짓을 전하고 있었다.

"신 병조판서 이항복 아뢰옵니다."

왕을 비롯한 대신들의 시선이 오성에게로 쏠렸다. 새롭게 병권을 쥐게 된 이항복의 입에서 어떤 말이 튀어 나올지 저마다 궁금한 얼굴들이었다. 특히 선조의 표정은 미묘하기 그지없었다. 잔뜩 긴장을 하고 있는 것인지 아니면 호기심 탓인지 전혀 알 수 없는 미소가 입 꼬리에 머물고 있었다.

"오성 대감이시라면 기대가 되오."

"황공하옵니다."

이항복은 도원수 권율의 사위로 일찍이 알성급제하여 관직에 나왔으며 임진년에 왕을 모시고 의주까지 피난하는 등 최측근에서 선조를 보필하였다. 한음 이덕형과는 죽마고우竹馬故友이며 남다른 해학과 재기로 반짝이는 신하였다.

"통제사 이순신의 죄는 죽어 마땅하나 그를 죽이게 된다면 크게 후회하실 세 가지가 있사옵니다. 그 첫째는 전쟁 중에는 군대의 신뢰를 받고 있는 장수를 죽이지 않는 법이옵니다. 군대의 사기가 저하되면 그 전쟁은 참으로 어렵게 되옵니다. 둘째는 백성의 지지를 받는 인사를 참하게 되면 그 주군의 백성들이 나라를 원망하게 됩니다. 마지막 세 번째는 살릴 수 있는 길을 모색하지 않고 그대로 죽이는 것을 능사로 삼는다면 옳은 신하를 얻지 못하시고 가벼운 신하만이 남게 될 것이옵니다. 끝으로 소신은 가볍지도 무겁지도 않은 신하이옵니다.”

어전의 군데군데에서 미묘한 반응이 흘러 나왔다. 왕은 별로 만족스러운 표정이 아니었다. 그러나 기묘한 웃음기는 가셔지고 없었다.

“오성 대감과 뜻을 같이하는 신하가 있는가? 그래… 신임 공조판서는 어떠신가?”

이번에는 병조판서에서 물러난 이덕형에게 화살이 돌아왔다. 오성과는 단짝이니 의견이 같은지 알고 싶다는 뜻이 아니겠는가.

“이순신은 그 죄가 무겁다고는 하지만 임진년에 보여 주었던 기개를 무시할 수 없는 법입니다. 신은 애초 그에 대해서 아는 바가 없었사오나 일전 한산도의 방문길에서 대다수의 백성들이 통제사를 칭송하고 그의 수군 함대가 왜적을 응징해 줄 것으로 믿어 의심치 않고 있음을 보았나이다.”

좌의정 육두성의 비난성 발언이 튀어나왔다.

“공조판서는 대관절 무얼 보고 오신 겁니까? 이순신은 초기에 간혹 활약이 있었다고는 하지만 그 이후 어떤 대단한 공이 있었습니까? 전하께서 삼도수군의 수장으로 신망을 두텁게 해주었더니 고작 그가 한 짓은 동료인 원균을 모함하고 시기하는 행위였다는 것을 어찌 모르시오? 그는 죄질이 나쁘오!"

"장수가 긴급한 전투 상황에서 어찌 만만한 상대만을 골라서 전쟁을 치룰 수 있겠소. 나라가 위기일지니 조정의 명을 절대 거부할 수는 없는 법이요. 이순신은 법을 위반 하였으니 그에 합당한 벌을 받는 것이 조정의 권위와 나라법의 지엄함을 깨우치게 하는 것이외다."

대사헌 홍진이 주걱턱을 내밀며 강경하게 위법 행위를 질타했다. 다수의 대신들이 허리를 굽혔다.

"이순신을 처벌해야 하옵니다."

"용서하지 마옵소서!"

왕은 대신들을 굽어보며 다소 싸늘한 목청을 토해냈다.

"짐은 결코 죄가 없는 신하를 벌하였다는 오명을 듣고 싶지는 않다. 그러나 임금을 속이고 기만한 자는 반드시 죽이고 용서하지 않을 것이므로 형벌을 끝까지 시행하여 그 죄상을 실토케 하라!"

영의정 유성룡이 입궐하지 않은 어전회의에서 남은 대신들은 일제히 왕명을 우러른다.

"성은이 망극 하나이다."

왕 선조의 얼굴에는 노기가 안개처럼 짙었다.

* * *

"김충선, 무엄하구나. 감히 여기가 어디라고 침입을 하는가?"

김충선은 고개를 숙였다.

"서애 대감님에게 무례를 범했음을 용서하십시오. 하지만 사태가 급박하여 예의를 차릴 시간이 없었습니다."

"당장 물러가거라!"

"그럴 생각이었다면 어찌 방문했겠습니까?"

사야가 김충선은 예고도 없이 서애 유성룡의 담장을 넘어 숨어들었다. 그의 행동은 사대부 수뇌인 유성룡으로서는 도무지 이해가 불가능했다.

"하인들을 부르랴?"

"대감이 그런 경솔한 행동을 하실 분이 아니란 것을 알고 왔습니다. 잠시 고정하시고 제 말을 들어 주십시오."

"듣고 싶지 않다. 남의 눈을 피해서 침범한 작자라면 그 뜻이 어떠하든 간에 필경 옳지 않으리라."

유성룡은 단호히 소리치며 김충선을 노려보았다. 하지만 상대는 특이한 품성의 소유자였다. 재상의 위엄 따위나 왕의 권위에도 절대 주눅 들지 않는, 한마디로 말하면 자기 멋 대로인 기인에 가까웠다.

"저는 원하기만 한다면 구중궁궐도 잠입할 수 있습니다. 소생을 방비할 곳은 많지 않습니다."

도저히 믿기지 않는 소리였다. 그렇지만 허풍으로 치부하기에는 이 사내가 너무 진지했다.

"어떻게?"

"저는 일본에서 간자間者 훈련을 받았습니다. 조선의 궁궐은 벽 높이나 방비가 영주가 있는 일본의 성만도 못합니다. 궁궐에 침투하는 것은 일도 아니지요."

"자네는 제정신이 아니로군. 도대체 내게 원하는 것이 무엇이더냐?"

"왕을 주살誅殺할까요?"

유성룡의 안면 근육이 심하게 요동쳤다.

"이놈! 불손하기 그지없구나. 함부로 주둥아리를 놀리다니, 진정 대역죄大逆罪로 죽어 마땅할 놈이로다."

사야가 김충선은 이 순간 말이 없다. 그는 단지 고요한 눈빛으로 유성룡의 노안을 지그시 바라보고 있을 뿐이다. 그 모습은 마치 달관한 노승이 세속을 바라보는 것처럼 잔잔하다. 풍진 세상에 물욕을 위해 인성을 저버린 군상群像들의 행렬을 주시하는 어린아이의 해맑은 눈동자와 닮아 있었다. 유성룡은 가슴이 철렁 내려앉았다.

"그대가 이울과 나를 방문했던 그때의 그 청년 맞는가?"

"소생은 절대 포기하지 않을 것입니다."

김충선의 의지와 집념이 유성룡의 가슴을 사무치게 파고들었다. 서애 유성룡은 이순신에 대한 조일인 청년의 충성심에 내심 탄복하고 있었다.

"너의 기개는 훌륭하다. 그러나 역심은 용서치 못할 것이다."

김충선은 담대함으로 비장하게 내뱉었다.

"대감은 새로운 나라를 꿈꿔 본 적이 없습니까?"

아련한 메아리처럼 울려오는 음성에 유성룡은 새삼 충격을 받았다.

"새로운 나라라니?"

"백성이 굶주리고 고통받는 더러운 세상이 아닌, 임금이 무능하고 신하가 아첨하는 절망의 나라가 아닌, 강대국의 침략에 혼비백산魂飛魄散하여 왕이 백성을 버리고 몽진蒙塵하고 항복하는 패자의 나라가 아닌, 그런 나라를 세우고 싶지 않으십니까?"

서애 유성룡의 머릿속에 큰 범종梵鐘 소리가 울렸다.

"넌 누구냐?"

사야가 김충선을 모르지 않으나 서애 유성룡은 자신도 모르게 소리쳐 물었다. 목전의 이 작자가 볼 때마다 새롭게 다가오는 것이 아닌가.

"바른 나라를 세우십시오! 이순신 장군의 나라 사랑을 멈추지 않게 해주십시오. 백성을 위한, 백성들의 나라를 건국하십시오."

"통제사의 사람인가? 정녕 이순신이 보냈는가? 그러한가?"

* * *

"주상의 성은을 입은 신하로서 어찌 그런 망극한 행동을 저지를 수 있겠소이까? 소신은 적의 음모로 판단하였을 뿐이옵니다. 하지만 그 직후 함대를 출동 하였으니 이는 조정의 명을 따른 이동이었나이다."

이순신은 국청鞠廳에서 심문을 하는 좌의정 육두성에게 당당히 자신의 견해를 밝혔다.

"당시 경상우병사를 통하여 가토의 도해渡海를 비밀리에 보고받고 조정에서는 즉각 그대에게 통지하였거늘 수군은 움직이지 않았다. 함대의 출동은 그 후 마지못한 시위였지 않은가?"

육두성의 힐난에 이순신은 침착하게 응대했다.

"왜 적장 가토의 대규모 이동에 대한 정보는 일본인 요시라에 의해서 전달되었습니다. 미끼일 수도 있는 허황된 정보를 쉽사리 판단하여 적의 함정에 빠지게 된다면 이는 조선 수군의 치명타가 되므로 만전을 기하지 않을 수 없었소이다. 따라서 첩보에 대한 분석이 필요했던 것이외다."

좌상 육두성과 더불어 국문에 참여한 신임 병조판서 이항복도 조심스럽게 입을 열었다.

"조정에서도 그와 같은 조심이 없었겠소이까? 상감께옵서도 그 점을 염려하시어 적의 정세를 철저히 관찰하여 지시를 내린 것이오!"

이순신은 탄식을 토했다.

"만일 그랬더라면 진작 소신의 장계에 따라 부산 근처로 함대를 이동 주둔시켰어야 했지요. 내 이미 부산 앞바다의 결사항쟁을 준비하여 이번에는 왜적이 절대 조선 땅을 밟지 못하도록 하여 하늘에 사무친 치욕을 씻고자 원하였소이다."

좌상 육두성은 물론 이항복도 처음 듣는 소리이기에 의혹을 드러냈다.

"그게 무슨 말씀이요? 통제사…?"

이순신은 자신의 함대를 부산으로 이동하여 결사의 채비를 하고자 했다는 것이 아닌가? 좌상 육두성이 중도에서 끼어들었다.

"그런 변명을 듣고자함이 아니외다."

오성 이항복은 좌상의 제지에도 불구하고 재차 물어왔다.

"통제사 영감! 이번 가토의 도해를 해상에서 저지하라는 조정의 지시 그 이전에 보고서를 올렸단 말씀이요?"

이순신은 비굴하지 않았다.

"조선의 함대는 강력하외다. 판옥선과 거북선의 조화를 이루고 있으며 고도의 전술 훈련을 받은 수군의 사기 또한 매우 높소이다. 우리는 패배를 모르고 바다에서 승리하였지요. 왜놈들은 육로에서 강할지 모르지만 바다선 약점이 분명 존재하외다. 전쟁은 우리의 장점을 가지고 적을 상대하여야 승기를 잡을 수 있는 법! 의당 조선 수군은 왜적의 함대를 능가하니 바로 바다 위에서 적의 수송 함대를 공격해야 함이외다. 따라서 소신은 일찍이 장계를 통하여 조정의 지휘를 기다리고 있으니 급히 회유해 달라는 내용을 올렸던 것입니다."

"정녕 사실이오?"

이것은 실로 충격적인 발언이 아닐 수 없었다. 이항복은 물론이고 좌상 육두성마저 감당하기 어려운 내용이었다. 현재의 이순신 국문의 가장 큰 죄목은 왜장 가토의 도해를 중도에서 차단시키라는 어명을 왜 거역 했는가 하는 점이었다. 그런데 이순신은 이미 그 이전에 함대를 부산 근교로 옮겨 왜적의 이동 함대에 대비해야 한다는 장계를 올렸었다는 것이 아닌가?

좌상 육두성의 안면이 무섭게 경직되고 있었다.

"위기를 모면하고자 위증을 하게 된다면 그 죄는 더 무거워 진다는 사실을 알고 있소?"

이순신은 참으로 의연하고 당당했다.

"신하의 도리를 다할 뿐이었소. 전시의 장수로 최선을 다했다는 말씀을 올리는 것입니다."

오성 이항복은 전혀 돌발적인 의외의 사실에 목소리까지 떨려 나오고 있었다.

"그… 장계를 올… 린 시기가 언… 제요?"

이순신의 바싹 마른 입가에 쓴 미소가 감돌았다가 사라졌다.

"요시라의 첩보에 의해서 조정이 하명한 시점 이후라면… 그 보고서의 의미가 어디에 있겠소. 훨씬 전이외다."

이순신은 담담하게 말하였다. 병조판서 이항복은 약간 혼란스러운 기색이었다. 그는 좌의정 육두성에게 시선을 던졌다. 그러나 육두성은 단호했다.

"그렇다고 무엇이 달라지겠는가? 왕에게 항명한 것은 이미 신하된 도리를 포기하고 불충한 행동이 아니었는가?"

좌상이 말은 그리 내뱉었지만 이순신의 장계가 사전에 존재했다면 요시라의 첩보가 아니더라도 이미 이순신은 가토를 비롯한 왜적의 전함과 수송 함대를 부산 앞바다에서 방어할 군사

계획을 수립하고 있었다는 사실이 입증되는 것이다. 이것은 이순신이 적을 두려워하거나 조정의 명을 기만했다는 오해를 풀 수 있는 중요한 열쇠였다.

"좌상 대감, 통제사의 장계에 대해서 일단 알아봐야 할 것입니다. 도승지를 불러 확인하심이 옳지 않겠소이까?"

좌의정 육두성의 안면에 곤혹스러운 기운이 엿보였다. 미간을 찌푸리고 한동안 고심하다가 그는 몸을 일으켰다. 더 이상 진전이 없을 것이란 판단이 들었다. 그도 대책이 필요했다.

"좋소. 오늘은 이만 여기까지 합시다."

육두성이 갑작스럽게 국문장을 벗어나자 참여했던 대신들이 우르르 그를 중심으로 따라 나섰다. 하지만 오성 대감 병조판서 이항복은 남아 있었다.

"통제사, 얼마나 고초가 심하십니까. 만일 그 장계가 발견된다면 장군에 대한 비방과 불신이 수그러지게 될 것임이 분명 합니다."

통제사 이순신의 입가에 미미한 웃음이 서렸다.

"도원수에게 아주 훌륭한 영서令壻가 있음을 늘 감탄해 왔소이다. 과연 명불허전名不虛傳이요."

"아닙니다. 그리 말씀하신다면 오히려 바다의 거북이를 철갑선으로 둔갑시킨 장군이 더 놀랍소이다. 빙장으로부터 장군의 열렬한 기개를 듣고 늘 흠모해 왔습니다."

오성 이항복의 따스한 말 한 마디에 이순신의 한기는 자취를 감추었다. 어쩌면 금일 밤은 그리 춥지 않을 것만 같았다.

"그리 말해 주시니 실로 고맙소."

"중요한 것은 통제사의 장계를 찾아 확인하는 절차입니다. 그 내용이 이번 부산으로의 함대 이동이라면…… 통제사는 방면될 수도 있을 것입니다."

이순신에게는 희망의 서광이었다.

"병신년丙申年 말에 분명히 작성하여 선전관에게 넘겼습니다!"

"혹여 선전관의 이름을 알고 계시오?"

이순신은 고달픈 눈꺼풀을 밀어 올렸다. 생김새는 기억이 선명했으나 당시의 선전관은 명부에 이름을 남기지 않았다.

"어떤 의도인지 기록을 하지 않았더이다. 그러나……"

"그러나?"

"마침 통제영의 만호 중에 그 선전관을 알아본 사람이 있었습니다."

이항복의 눈이 번쩍 커졌다.

"다행이오. 그 선전관의 이름은?"

"만호 송희립이 그 선전관의 이름을 조영이라 하였습니다."

"조영이라? 훌륭합니다."

오성 이항복은 다시 한 번 장계의 유무를 확인하고는 옥문을 나섰다. 그는 사야가 김충선이 이순신의 구명을 위해 자신을 찾아온 사실을 끝까지 이순신에게는 말하지 않았다. 그러한 일들은 노출되지 않을수록 좋았다. 한 치 앞도 내다볼 수 없는 세상 사이기에 항상 몸가짐을 유의해야 하는 법이다.

* * *

유성룡의 얼굴에 약간의 화색이 감돌았다. 얼마 전 김충선에게 받았던 충격이 아직도 가셔지지 않았으나 새로운 소식은 희망을 지니기에 충분했다.

"오성, 그게 사실인가? 통제사의 장계가 있었단 말이지요?"

병조판서에 오른 오성 대감 이항복은 크게 고개를 끄덕였다.

"통제사의 증언입니다. 틀림없습니다."

이순신이 누구인가? 절대 없는 말을 지어낸 것은 아닐 것이다. 서애 유성룡의 얼굴에 일말의 희망이 떠올랐다.

"그렇다면 장계를 취하는 것이 관건이겠구먼."

오성 대감 이항복은 진지하기 그지없었다. 워낙 중대한 사안이었기에 그는 침중했다.

"여기에는 의문이 있소이다."

이항복은 이해가 되지 않는다는 모습으로 고개를 갸웃거렸다.

"만일 이 장군의 서장이 제대로 전하에게 올려졌다면 이번 통제사의 실각과 구금은 발생하지 않을 사안이었습니다."

유성룡은 한참을 묵묵히 생각하다가 이항복을 바라다보았다. 그리고는 전혀 의외의 대사를 뱉어냈다.

"자네는 순진한 것인가? 아니면 일부러 모르는 척하시는 건가? 대관절 어느 쪽인가?"

영특하고 지혜로운 오성 대감도 말을 더듬었다.

"대감, 그… 그게… 어인… 말씀이시옵니까?"

"전하의 진의를 전혀 이해하지 못하고 있는 듯해서 말일세."

오성 이항복은 곰곰이 생각에 잠겼다. 영의정 유성룡이 말하는 왕의 의도란 무엇인가? 불길한 예감은 간혹 적중률이 높다.

"혹시……?"

이항복은 조심스럽게 입술을 떼었다. 유성룡은 매우 침통한 표정을 지었다.

"왕은 통제사 이순신을 원하시지 않는다네."

"아……!"

오성 대감 이항복의 입에서 탄식이 터졌다. 왜란의 수령을 경험하며 함께 어려움을 극복해 나왔던 두 사람은 잠시 말문을 닫았다. 조선의 왕 선조에 대한 신뢰는 자꾸만 흐려져 갔다. 군왕의 처신을 굳이 설명하지 않더라도 이건 아니었다.

"삼도수군통제사 이순신은 왜군이 유일하게 두려워하는 바다의 장수입니다. 이러한 장수를 우리 손으로 해치려 한다면 조선은 반드시 그 대가를 치러야 할 겁니다."

"그래서 자네의 역할이 중요하다네. 우선 통제사의 장계 행방을 추적해야 할 것이야."

"여부가 있겠습니까."

유성룡이 당부했다.

"군왕의 위엄을 지키고 신하의 의기를 봉쇄하지 말아야 하네. 이번 사태를 원만하게 수습하기 위해서 최선을 다해주게나."

병부의 최고 책임자에 오른 이항복이었다. 왜적의 재침략이

시작되고 있는 당금의 사태를 어떤 희생을 치르더라도 해결해야만 했다. 육지에는 명나라 군대와 명장 도원수 권율이 존재했다. 수군이 문제였다. 만일 삼도수군통제사 이순신이 이대로 사라지게 된다면 그 대안은 찾을 길이 없었다. 조정에서는 그 빈자리를 원균 장군으로 하여금 채우고자 했지만 이항복의 판단은 달랐다.

"원균 장군으로는 감당할 수 없는 적입니다."

김충선에게는 대안으로 원균과 이억기 등을 이야기했지만 그건 임시방편이며 편법이었다. 그저 말끝에 나온 넋두리일 수도 있었다. 그는 분명히 알고 있었다. 임진년 초에도 원균 장군이 존재했으며 이억기 수사도 있었다. 하지만 그들은 왜의 안택선 함대를 제압 하지도, 제지하지도 못했다. 그것이 그들의 한계였다. 오성 대감 이항복의 안목은 제대로였다. 그것이 서애 유성룡을 반갑게 했다.

"동감일세. 그러니, 조선을 지키기 위해서라도 통제사가 제자리로 돌아가야만 하네."

"일단 장계를 확보하는 것이 급선무라 여겨집니다."

이항복은 마음이 조급하여 저리에 더 머무를 수가 없었다. 그는 급히 몸을 일으켰다.

"도승지 영감을 뵈어야겠습니다. 어쩌면 지금쯤 좌상과 함께하고 있을지도 모르겠고요."

"좌의정 육 대감은 통제사에게 좋은 감정을 지니고 있지 않으며, 무엇보다도 전하의 심중을 헤아려 행동하네. 만일 그가 통제사의 장계를 감추거나 훼손시킨다면 일은 아주 고약하게 될 걸세."

충분히 짐작할 수 있는 육두성의 행동이었다. 통제사 이순신의 국문에 있어서 매우 중요한 단서를 이대로 포기할 수는 없지 않은가. 이항복은 서둘러 인사를 마치고 문을 나섰다. 동시에 유성룡도 의관을 갖춰 입고 서문으로 향하였다. 그들은 앞으로 매우 바쁜 일정이 될 것이라는 생각을 지을 수가 없었다.

16장

×

도원수 권율

나는 나를 신뢰한다.

왜적을 물리치기 위해서 서장을 작성했다.

그 장계를 올리며 난 기원했었다.

왕명을 받아서 부산 앞바다로 돌진 하리라.

왜적의 함대를 그곳에서 전멸시킬 것이다!.

두 번 다시 우리 백성, 우리 강산을 유린하지 못하도록,

단 한 척의 배도 통과할 수 없도록 수장水葬 시키리라.

내 함대艦隊는 할 수 있다.

나의 수군水軍은 최강이며 내 함대는 무적無敵이다.

- 이순신의 심중일기 1597년 정유년 3월12일 임인-

객주에서 머물고 있던 이순신의 두 아들과 정경달은 어둠을 뚫고 불시에 들이닥친 영의정 유성룡을 대면하고는 당황하였다.

"서애 대감!"

"어인 행차시옵니까? 이 야심한 밤에······?"

유성룡은 숨을 골랐다.

"긴급한 일이 발생해서 직접 달려왔네. 김충선은 어디 있는가? 그가 필요하네."

이순신의 장남 이회가 자리를 권하며 조용한 목소리로 설명했다.

"대감, 충선은 곽 장군과 더불어 도원수를 만나러 갔습니다. 오늘 밤 아니면 내일쯤 돌아오리라 생각됩니다."

"도원수를 만난다?"

정경달이 고개를 숙였다.

"통제사 이 장군님의 고집을 꺾으려면 아무래도 도원수의 합류가 절대적이라 생각한 모양입니다."

"누구의 생각이란 말인가? 곽 장군인가? 아니면 사야가인가?"

이울이 심각해 보이는 영의정 유성룡의 기색을 살피면서 말문을 이어 나갔다.

"김충선의 뜻이옵니다. 그 친구가 아버님을 수옥에서 뵙고 나와서는 권 장군님을 모셔야 한다고 했습니다."

유성룡은 속이 타는지 냉수 한 그릇을 청하여 들이켰다.

"통제사는 자신의 목숨을 아끼는 분이 아니시네. 그는 그저 생명을 연장하기 위한 수단으로 국난을 조장하고 싶지는 않은 것이지. 그러나 그것은 도원수도 마찬가지일 것이며 나 또한 그럴 것이야!"

이순신의 두 아들과 전 종사관 정경달은 그 말의 의미를 짚어 보고 있었다. 조선을 이끌어 나가는 대 경륜가經綸家들은 과연 닥쳐오는 난국을 어떻게 수습하려는 것일까?

"아버님을 구원할 수 있는 증물이 나왔다네."

"넷? 그것이 어떤 것이옵니까?"

"통제사가 지난해 말 병신년에 올렸을 것으로 짐작되는 장계일세!"

정경달을 비롯한 전원의 눈빛이 반짝거렸다.

"어떤 내용의 장계이옵니까?"

유성룡은 그들을 둘러보면서 말했다. 혹시나 하는 심정으로 그는 주변을 의식하며 매우 나직한 목소리를 내었다.

"이번 사태의 핵심은 조정의 명을 거역했다는 것이지. 감히 항명을 했다는 것이야. 허나, 통제사는 이미 서장을 통하여 조선 수군의 부산 진출을 허용하고 회답해 달라는 뜻을 전달했다는 군. 이것은 이미 나와 통제사 간에 오래 전부터 논의 되었던 군사 전략이었어. 왜적은 육지에서 강하니, 바다를 건너기 전에 그 바다에서 수장시켜야 한다는 것이지!"

"그 장계가 결정적 증좌證左란 말씀이십니까?"

"그렇다네. 통제사가 왜적을 두려워하여, 혹은 일부러 놓아 주려고 출전하지 않은 것이 아니라… 그 시기를 놓쳤기 때문에 주저했던 것이지. 또한 그 첩보를 전해 온 자는 왜적이었으니 쉽게 신뢰할 수 없음은 매우 당연한 처사일세."

"상감께서 장계를 보셨을 것 아닙니까? 허면 의당 통제사의 잘못이 아니란 것쯤은 아셔야 하는 게 아닌지요!"

유성룡은 깊은 한숨을 몰아쉬었다. 이들에게 선조에 대한 설명을 구구절절할 수는 없는 것이었다. 조선의 왕이 이미 정신적으로 통제사에 대한 병적 증상이 있음을 어찌 설명할 수 있을 것인가.

"아직은 밝혀진 것이 없네. 어쩌면 상감의 손에 장계가 도착하지 않았을 수도 있고."

"그게 무슨 말씀이옵니까?"

"아니면 예조에서 회계回啓를 하지 않았을 수도 있으니 좀 더 면밀히 사태를 살펴봐야 할 거야."

정경달이 가슴을 쳤다.

"실로 답답한 노릇이옵니다. 무고하신 통제사를 억류하여 조선 수군의 사기를 이토록 바닥에 떨어뜨리고 어찌 왜적을 상대하라는 것인지!"

이울은 곰곰이 사태를 분석하다가 유성룡에게 물었다.

"장계는 아버님의 국문 과정에서 나온 이야기입니까?"

"그렇다네."

"설마 고문을 당하신 것은 아니겠지요?"

"물론이네. 안심하게나. 일상적인 심문 도중이었고… 그 장계의 존재로 인하여 심문도 일시 중단되었다네."

이울은 안도의 숨을 몰아쉬며 재차 질문을 던졌다.

"충선을 급히 찾으시는 연유는 무엇이옵니까?"

유성룡은 신중함을 잃지 않기 위해서 마음을 잠시 가다듬었다. 그리고는 예의 조심스러운 목소리를 꺼냈다.

"오성 대감이 증좌를 찾기 위해 행동하고 있으나 상대의 대응도 만만치 않으리라 판단되어 아무래도 김충선을 움직여야 할 듯싶네. 그의 신출귀몰함을 누가 당할 수 있겠는가?"

그때, 방 문 밖에서 인기척이 났다.

"서애 대감이 소신을 알아주시니 영광, 또 영광이옵니다."

이울이 반가움에 소리쳤다.

"충선이옵니다."

그가 문을 벌컥 열자 늠름한 사내가 만면에 미소를 머금으며 성큼 비켜섰다.

"아주 반갑고 중요한 손님들이 함께 오셨습니다."

동행한 남녀가 방 안에 있던 유성룡과 이회, 이울 형제, 정경달 등의 시선에 확 들어왔다. 여인은 단정한 차림이었으며 이목구비가 또렷한 미인이었다. 서늘한 눈매와 촉촉한 입술이 매혹적으로 빛났다.

"헉! 예지 낭자!"

이울은 놀람과 반가움으로 소리 지르며 튀어 나갔다. 장예지가 수줍은 목련처럼 고개를 숙일 때 유성룡의 입에서도 탄성이 새어 나왔다.

"도원수……?"

권율이었다. 그가 사야가 김충선, 홍의장군 곽재우를 따라서 함께 한성으로 올라온 것이다. 도원수 권율의 행보는 실로 놀랍다고밖에는 설명할 길이 없었다. 서문 밖의 조촐한 객주에 조선에서 가장 영향력 있는 인물들이 일시에 모였다. 이순신을 위해서.

"대장군을 뵈옵니다!"

정경달을 비롯한 이순신의 아들들이 절을 올렸다. 대장군 권율은 경직된 표정으로 좌정하였다. 당금 조선 왕조에 가장 영향력 있는 문인 유성룡과 무인 권율이 마주 앉았다. 거기에 의병장 곽재우가 합류해 있으며 항왜 장수 사야가 김충선도 자리했다. 정경달은 가슴이 쿵쾅거려 도무지 정신이 수습되지 않았다.

"도원수가 본영에 머물지 않고 상경하셨다니 내 눈이 의심스럽습니다. 어인 일정이십니까?"

서애 유성룡의 질의에 권율의 눈빛이 작렬했다.

"통제사의 안위가 경각에 달렸다 하여 단숨에 달려왔습니다.

직접 영상을 뵙고자 했는데 여기 납시었으니 이게 우연입니까? 아니면……."

권율의 담담하지만 예리한 시선이 좌중을 둘러보았다.

"작당作黨된 모의입니까?"

권율 도원수의 거친 대사가 여과 없이 유성룡의 가슴을 파고들었다. 영의정 유성룡의 짙은 눈썹이 파르르 떨렸다. 알 수 없는 적개심이 심중을 자극한 탓이었다. 조선의 대장군이며 도원수가 내뱉을 언사가 아니었기 때문이다.

"지금 작당이라 하였소? 모의라고 하였소?"

권율 역시 물러날 신색이 아니었다.

"대감, 아니라면 일국의 영상이 이 초라한 객잔에 계실 리가 만무하지 않겠습니까?"

"그러시는 조선의 가장 신뢰받는 도원수는 여기 왜 오셨소?"

권율의 수염이 노기로 인해서 부르르 떨었다.

"빌어먹을! 중앙 정부의 대신들이 정치를 엿같이 하고 있어서 도저히 군영만 지킬 수 없어서 달려 나왔소이다."

도원수의 불만이 터져 나왔다. 통제사 이순신을 이 중요한 시기에 압송하는 것에 대한 조정의 무모함에 울화가 폭발한 것이다. 서애 유성룡은 침착함을 유지하고 싶었으나 무장 권율의 막말에 노여움이 차올랐다.

"조정을 모욕하시는 발언이외다!"

"바로 그겁니다. 제가 그걸 지금 하고 싶은 것이란 말입니다. 이순신, 통제사가 뉘시오? 그가 남해를 그렇게 단단히 지켜주지 않았다면 지금 우리 조선이 이런 형편이나마 유지할 수 있었겠소이까?"

그랬다. 만일 바다에서 마저 왜의 수군에 패퇴했다면 정국은 완전히 달라졌을 것이 분명했다. 조선의 왕 선조는 명나라로 도주했을 것이며 한양의 수복은 어림도 없었다. 어쩌면 왜와 명이 조선의 땅덩어리를 양분하고 전쟁은 끝났을 수도 있었다.

평화협상은 조선을 위한 것이 아니고 명나라와 왜에 의해서 정해졌을지도 모른다. 그만큼 사실 조선의 운명은 급박했다.

"통제사의 역할이 조선의 위기를 수호했다는 사실을 어째서 조정은 인지하지 못하고 있단 말입니까? 그의 전공을 어째서 눈뜨고 있는 장님처럼, 귀머거리 마냥 병신 육갑 질들을 하고 있느냐는 겁니다."

도원수 권율은 매우 과격했다. 사야가 김충선과 이회, 이울은 가슴이 시원했다. 유성룡의 반격도 만만치가 않았다.

"전란이 우리 대신들에게 매우 혼란을 안겨준 것은 사실이오. 그러나 그보다 더 혼란스러웠던 것은 바로 무장, 장군들이었소. 임진년 전부터 왜군의 위협을 예고했으나 그들은 호언장담만 일삼았소. 왜군쯤은 문제없다고 떠들어댔으나 실상은 어찌 되었소?"

도원수 권율의 아픈 곳을 서애는 뾰족한 송곳으로 찔러댔다. 권율의 안색이 흙빛으로 변했다.

"그 또한 조정의 당쟁이 무장들을 위태롭게 만들었음을 부정하지 마시오. 대감."

"변명은 군자의 태도가 아니외다."

"핑계를 대는 것이 아닙니다. 왜국을 다녀온 통신사 황윤길과 김성일, 허성의 판단이 어떻게 각자 다르게 나올 수가 있단 말입니까?"

조선을 침략할 야욕을 탐지하기 위해서 조선에서는 임진년 전 경인庚寅, 신묘辛卯년에 걸쳐서 통신사를 왜에 파견했었던 것을 말함이었다. 그들 통신사들의 주장은 서로 달랐다. 이들 조선의 가장 권위 있는 문무 대신의 첨예한 대립을 곁에서 목격한 의병장 곽재우가 중재에 나섰다.

"고정들 하십시오. 지금은 언쟁을 하실 때가 아닙니다."

서애 유성룡이 독백처럼 중얼거렸다.

"통제사를 방면해야 할 때이지."

사야가 김충선이 고개를 조아렸다.

"옳으신 말씀이십니다. 그 때문에 도원수를 모신 것입니다."

전원이 김충선의 의견에 동조하며 고개를 끄덕였다. 장예지는 사부 김충선이 그들 조선의 대표적인 문무관의 신임을 얻고 있다는 사실에 대해서 내심 감탄을 금할 길이 없었다. 항왜 신분으로 그러한 위치에 오른다는 것은 실로 쉽지 않은 일이었다. 김충선이 얼마나 조선을 위하여 성심을 다하였는지를 알 수 있는 대목이었다. 도원수 권율은 유성룡을 정면으로 응시했다.

"그래, 통제사를 구해 낼 묘수를 찾으신 겁니까?"

서애 유성룡은 호흡을 잠시 골랐다.

"그런 것 같소이다."

사야가 김충선은 물론이고 의병장 곽재우의 안색이 달라졌다. 도원수 권율이 성급하게 물었다.

"정말이요?"

서애 유성룡은 의연했다.

"통제사의 장계가 있다하오. 그것이 드러나면 통제사는 무사할 수 있을 것이요!"

그러나 유성룡의 이 한 마디는 김충선에게 두려움이었다. 새로운 조선의 절망이었으며 그가 이루고자 했던 꿈의 붕괴였다.

"장계가 발견된다면 장군이 무죄로 방면된다는 것입니까?"

도원수 권율의 물음에 유성룡은 고개를 끄덕이며 응대했다.

"확실합니다. 조정에 대한 항명이 아니라면 나머지는 크게 중요한 사안은 아니지요. 조정의 불신과 오해가 있었던 것이니까요. 그건 해결할 수 있습니다."

"그리되면 얼마나 다행한 일입니까. 한시라도 해결되었으면 좋겠습니다."

방안에는 유성룡과 권율, 그리고 곽재우와 김충선 외에도 전 종사관으로 이순신에게 충직한 부하 정경달과 이순신의 두 아들이 있었다. 그들 셋은 내색은 하지 않고 극도의 긴장과 흥분으로 몸을 도사렸다. 이순신을 위한 이들의 회합은 그저 단순한 목적이 아니지 않는가. 말 한 마디가 튀어나올 때마다 신경이 곤두서고 있었다. 서애 유성룡과 도원수 권율은 신중하기 그지없었다.

"이 장군을 위해서도 경거망동하지 말아야 함이야!"

"나라가 위기이니 섣부른 행동은 조선에 더 큰 불행을 안겨줄 수도 있지.”

김충선은 답답하기 그지없었다. 목전에 있는 이들만 수락한
다면 조선은 새롭게, 강하게 태어날 것이다. 홍의장군 곽재우를
바라보았다. 응원을 요청하는 눈빛이었다.

“난 우리 조선이 변화되길 원하오. 보다 강한 백성의 나라로!”

유성룡이 곽재우의 말문을 가로막고 나섰다.

“누가 원하지 않을 수 있겠소. 그러나 지금은 때가 아니오.”

도원수 권율도 유성룡과 같은 마음을 지니고 있었다.

“왜적에게 조선을 송두리 채 넘겨줄 수도 있소. 내가 이 자리
에 온 것은 서애 대감의 뜻을 알고자 함이요, 시기가 아니오. 통
제사 역시 그렇게 생각 할 것입니다.”

그렇다. 서애 대감도, 도원수도, 통제사 역시 마찬가지 결정을
내릴 것이었다. 그들은 권력의 최상위에 존재하는 기득 권력이
아닌가. 김충선은 아득한 심정이 되었다.

“만일 장계가 발견되지 않아서 장군이 희망이 없게 된다면…
그때는 어찌 되는 겁니까? 설사 발견 되어서도 통제사가 살아날
수 없다면 그때는 두 분이 어떤 결단을 내리실 겁니까?”

김충선은 마지막 용단을 촉구하고 있었다. 유성룡과 권율의
시선이 뒤엉켰다. 곽재우의 눈빛도 그들에게 머물렀다. 사야가
김충선은 폐부 깊숙이 절규를 토해냈다. 그러나 누구도 들을 수
없는 마음의 소리였다.

‘역모라도!’

17장

×

사라진 장계

변수變數가 발생했다.

장계가 실종되었단다.

왜적의 숨통을 조이고자 원했던 부산으로의 항해

조정이 허락하지 않은 나의 목표는 수포가 되었다.

그 날의 기억은 무참할 따름이다.

조선의 변화를 그들이 원하지 않는 것은 아닌지.

그러나 시기는 기다리는 것이 아니라 내가 스스로

만들어야 함을 그들은 모른다.

무지無智함에 답답할 뿐이다.

- 이순신의 심중일기 1597년 정유년 3월 13일 계묘 -

"사라졌다고? 이 무슨 해괴한 망발이요? 장계가 다리가 달려서 어디로 실종되었다니 도승지는 그걸 말씀이라 하시는 겁니까?"

좌의정 육두성은 음침한 목청을 여지없이 토해냈다. 도승지 오억령은 입맛을 다시며 궁핍한 변명을 늘어놨다.

"좌상, 전국에서 올라오는 장계와 상소가 어디 한 두 개요? 정신이 산란할 정도외다. 예조의 당상이 혹 기억하고 있을지 모르겠소. 통제사의 서장이라 했소?"

"그렇소. 매우 중요한 서장이니 반드시 찾아야 하오. 음… 전하께옵서 유서계하有書啓下 하신 것은 아니요?"

도승지 오억령은 고개를 가로 저었다.

"전하께서 검토를 하거나 수정을 명하셨다면 내 이리 기억 못 할 리가 없소."

좌의정 육두성은 마음이 무거웠다. 이순신을 국문함에 있어서 갑자기 드러난 장계는 매우 결정적 역할을 하리라는 판단이 들었다. 왕의 뜻을 받들기 위해서는 절대 드러나서는 안 될 증거였다. 그것을 반드시 수중에 넣어 영영 사라지게 만들어야 했다. 어떤 수단과 방법을 동원해서라도 말살抹殺시켜야 한다.

"예조에 명하여 통제사 이순신의 장계를 빠짐없이 수거 하시오! 특히 병신년 말이나 정유년 초의 장계를 확보해야 하오. "

도승지가 궁금하다는 듯이 물었다.

"대관절 어떤 내용이기에 그리 중요하다는 말씀이오?"

육두성은 그가 진실을 왜곡하면서 모르는 척하는지 아니면 진짜 모르는지 갈피를 잡기가 어려웠다.

"도승지가 관여할 것은 아니요."

도승지 오억령은 혀를 끌끌 찼다.

"병조판서 이 대감도 그걸 찾는 듯 사방을 쑤시고 다니니 영문을 알 수 있나."

좌의정 육두성은 갑자기 혈압이 확 팽창 되는 기분이 들었다. 기어코 오성 대감이 일을 망치려 한다면 이건 막아야 하는 것이다. 역시 그 작자는 문제아였다.

"병부에서 왜 그럴 찾는 것이요?"

"저도 그게 궁금해서 대감께 여쭙는 것이 아닙니까?"

육두성의 신경이 점차 칼날처럼 날카롭게 변해갔다.

"도승지는 장계의 행방을 수소문 하시오. 예조를 다 뒤져서라도 통제사의 장계를 확보해야 하오. 절대 남에게 넘겨주지 말고 내게 가져오시오. 알겠소?"

"그러겠소이다."

"특히 병부의 수중에 들어가서는 안 될 것이외다."

좌의정 육두성의 안면 근육이 과도한 신경 탓인지 위아래로 보기 흉하게 실룩였다.

"난 병조의 오성 대감을 만나야겠소."

육두성은 사안의 심각성을 누구보다도 빠르게 판단하고 있었다. 이순신의 서장이 새로운 국면을 발생시킬 수도 있다는 것을 오랜 경험으로 느껴졌기 때문이다. 좌의정이 자리를 털고 일어나자 도승지 오억령은 예를 갖추어 배웅했다. 그리고 돌아서는 도승지의 눈매는 무섭도록 얄팍하게 번뜩였다.

'하기야 그냥 당하고만 있지는 않겠지. 그래도 삼도수군의 통치자가 아니던가. 이순신의 서장, 장계라?'

도승지 오억령은 입술을 지그시 깨물며 상념에 빠져 들었다.

* * *

"저를 급하게 찾으셨다고요?"

이항복은 전혀 의외라는 표정으로 행궁내의 서청으로 통하는 월담 아래서 좌상과 마주쳤다.

"이 대감에게 긴히 의논드릴 말이 있습니다."

"자리를 옮겨야 합니까? 꽃향기가 이리 좋으니 가능하면 이 자리가 저는 좋습니다만."

좌상 육두성의 눈매가 섬뜩하게 가늘어졌다. 만일 그가 관복을 입지 않고 무장을 하고 있었다면 더욱 살기가 넘쳐났을 표정이었다. 오성 이항복은 그의 시선을 피하면서 딴청을 피웠다.

"대감은 어떤 꽃을 좋아하십니까?"

육두성은 딱딱하게 나왔다.

"꽃을 이야기하기보다는 오늘은 숲을 먼저 논의 합시다. 우리 풍성한 숲에서 만 가지 꽃을 활짝 개화시키기 위해서 어찌해야 하는 것인지 말이요."

이항복이 빙그레 웃었다.

"하나의 꽃도 제대로 피우지 못하면서 화단을 생각하는 것은 어리석은 일이 아닙니까. 하물며 숲이라니요!"

육두성은 알고 있었다. 이놈은 보통 영악하지 않으므로 함부로 상대 하다가는 공연히 크게 당한다. 뛰어난 화술과 재치가 넘쳐흘러서 간혹 어전에서조차 끼가 발동되기도 한다. 왕 선조도 이항복의 재기발랄함을 인정하고 있는 터였다.

"통제사의 장계를 추적한다고 들었소."

"하하하, 그것은 귀가 있는 분이라면 누구든지 듣지 않겠소이까? 당연히 들으셔야지요. 못 들으면 벙어리가 되는 게 아닙니까."

좌의정 육두성의 신경이 다시 날카로워 지기 시작했다.

"이번 국문에 그게 소용된다고 판단하시는 거 같소만…… 그렇소?"

오성 이항복은 활짝 피어 있는 봄꽃을 코끝으로 킁킁 맡으며 다녔다.

"통제사는 죄가 없지요. 우린 다 알고 있지 않습니까?"

"무슨 뜻이요?"

이항복은 고개를 돌렸다. 싸늘하기 짝이 없는 육두성의 주름진 눈이 반짝거리고 있었다.

"장계가 그 답이 아닌지요."

"그런 건 없소."

오성 이항복이 성큼 육두성의 면전으로 다가섰다.

"통제사가 위증을 하고 있다는 말씀입니까?"

"살기 위한 변명이라고 할 수 있겠지요."

오성은 고개를 흔들면서 쓴웃음을 지었다.

"좌상 영감! 통제사 이 장군에 대해서 전혀 알고 싶지 않으신 모양입니다. 그의 행적에도 관심이 없고요."

"난 그가 동료를 시기하고 조정을 우습게 여기며, 어명을 거역하는 불충의 대표적 인물로 여기고 있소."

좌의정 육두성은 거칠게 말을 뱉어냈다. 당장이라도 이순신이 눈앞에 있다면 요절을 낼 자세였다. 오성 이항복은 상대의 심중을 꿰뚫어 보는 것처럼 약을 올렸다.

"그런데 왜 그렇게 장계에 대해서 예민하게 반응하시는 겁니까? 어차피 그런 대죄를 범했다면 장계 하나 있다고 대수입니까. 아니 그렇습니까? 좌상 대감?"

육두성은 말을 더듬을 수밖에 없었다.

"그… 그게……"

이항복은 의미심장한 미소를 머금으며 육두성의 손을 덥석

잡았다.

"너무 심려 마십시오. 그냥 장계일 뿐이니까요."

육두성은 욕설이 목구멍까지 치밀어 올랐으나 차마 내뱉을 수는 없었다. 그러면서 어떤 방법을 동원해서도 그걸 감춰야 한다고 생각했다. 좌상 육두성은 왕 선조를 만나야 함을 깨달았다. 그것도 한시가 급하게.

"병판, 혹시 어심御心에 대해서 생각해 본 적이 있소이까?"

오성 대감 이항복은 좌상의 눈빛을 외면했다.

"상감마마의 뜻은 공정한 국문이 아니겠습니까."

좌의정 육두성은 욕설이 목구멍을 넘어오는 걸 간신히 삼켰다. 설마 오성이 천연덕스럽게 원칙에 입각한 대사를 뱉어낼 줄은 몰랐던 탓이었다. 일전 어전에서 왕 선조는 분명 이순신을 용납할 수 없노라고 선언하지 않았던가.

"병판이 이리 낯설게 느껴질 줄은 몰랐소."

"어인 말씀이신지요?"

좌의정 육두성은 눈에 힘을 주고 배를 힘껏 내밀었다.

"영상 때문이시겠지요. 평소 서애 대감을 흠모하고 계시다는 것쯤은 알고 있었습니다. 당파를 떠나서 서애 대감의 인품은 고상하시니까요."

"하하하, 소생이 병권을 장악한 병부의 판서가 되기는 했으나 좌상도 경애합니다. 편파적으로 가르려고 하지 마십시오."

오성 대감은 유들유들했다. 좌의정 육두성은 내심으로 이를 갈아대며 욕설을 삼켰다.

"전하는 통제사 이순신의 죄를 용서하지 않으시려 합니다."

병조판서 이항복은 단호했다.

"그 부분에 대해서는 소신의 견해를 이미 여러 차례 말씀드리지 않았습니까?"

좌상의 안면에 노기가 서리기 시작했다.

"그래서 이순신이 죄가 없다고 하는 것이요?"

"그걸 국문하는 것이 아닌지요?"

좌상 육두성은 혈압이 팽창되는 것을 가까스로 참아냈다. 이자를 계속 상대할 수는 없었다. 당사자인 왕 선조를 한시라도 빨리 독대해야하는 시점이라고 판단했다.

* * *

선조는 오수午睡를 즐기다가 도승지의 긴급한 통지를 받고 좌의정 육두성의 입실을 허락했다.

"과인을 애타게 찾은 연유가 무엇인가?"

"상감마마, 통제사 이순신을 국문하던 중 그가 해괴한 진술을 하는 바람에… 이것은 확인하지 않을 수 없는 중대 사안이라 감히 뵙기를 청하였나이다."

"말하라."

육두성이 머리를 조아렸다.

"통제사 이순신의 진술에 의하면 삼도수군의 함대를 부산으로 이동하여 주둔하고자 하는 연유와 조정의 수락 여부를 기다리는 장계를 이미 오래 전에 올렸다 하옵니다.”

선조는 대수롭지 않다는 듯이 말을 꺼냈다.

“그래서……?”

육두성은 흠칫하였다. 왕의 태도로 미루어 이것은 기분이 매우 언짢았다는 시위로 느껴졌기 때문이다. 그는 더욱 더 조심스러워졌다.

“장계를 확인하여 진의 여부를 가늠하는 것이 필요하옵니다.”

“본 것 같기도 하고, 아닌 것 같기도 하다만… 그게 이순신의 국문과 얼마나 밀접한 연관이 있단 말인가? 지금 그는 어명을 거역하고, 동료를 모함하였으며 공적을 사칭하는 대죄를 범했음이야!”

좌의정 육두성은 선조의 신경질적인 반응에 재빨리 몸을 사렸다.

“황공하옵니다. 그를 벌하는 것은 당연한 처사이옵니다.”

“장계가 중요한 것이 아니다. 국문을 통하여 통제사를 철저히 분해해야 한다. 그의 죄상을 남김없이 찾아내어 국법이 허용하는 최대한의 벌을 내려야 하는 것이다!”

좌의정 육두성은 선조의 핏발선 눈빛에 소름이 오싹 끼쳐왔다. 왕이 얼마나 통제사 이순신을 증오하는지 실감할 수 있었다.

“그러기 위해서이옵니다. 병조판서가 장계의 뒤를 추적하고 있사옵니다. 만일 그의 수중에 들어가게 되면 내용이 밝혀지게 될 것이고… 그것은 통제사를 징계하는데 있어서 상당한 저항 요소가 될 줄로 사료됩니다.”

선조는 극도로 예민해졌다. 신하 한 명을 응징하는데 이렇듯 복잡하고 신경이 쓰이는가. 왕의 지시가 곧 국법이 아니던가. 갑자기 짜증이 확 일어났다.

"그 장계는 폐하였다."

육두성의 주름이 일시에 펴졌다.

"황공하옵니다. 그리되면 곤란한 사안이 영 사라지게 될 것이옵니다."

그러나 왕은 머리를 짚고 있었다.

"그리 간단하지는 않아. 통제사의 서장을 직접 받아 온 사람이 있다."

"예엣?"

생각지 못했던 변수였다.

"누구이옵니까?"

"선전관 조영이다."

좌의정 육두성은 그의 이름을 계속해서 뇌리에 새겼다. 그리고는 해결 방안을 나름대로 모색하기 시작했다. 이제 조영은 살아있는 목숨이 아니었다. 그러나 왕의 다음 말은 육두성을 곤혹스럽게 뒤흔들었다.

"헌부에서 선전관 조영을 파직하고 추고하라는 상소가 있었지."

"넷? 헌부에서는 왜이옵니까?"

"선전관이 이순신의 서장을 뜯고 그 안의 날짜를 조작했다는 것이 이유였다."

놀라운 사실이었다. 이순신의 서장이 선전관에 의해서 옮겨졌다는 것도 그렇거니와 그 안의 일자를 조정했다는 것은 무엇 때문이었나? 쉽사리 이해가 되지 않았다.

"상감마마…?"

선조의 용안이 딱딱하게 굳어지는 걸 느끼는 순간이었다. 육두성은 뭔가 심상치 않은 내막이 있음을 깨닫고 있었다.

"헌부와 선전관 조영이 알고 있다면 당연히 도승지와 예조에서도 통제사 이순신의 장계에 관한 내용을 파악하고 있으리라 여겨지옵니다."

왕은 단호했다.

"좌상에게 일임하였으니 더 이상 내게 물을 필요는 없다. 이순신의 장계는 드러나지 않을 것이다."

좌의정 육두성은 비로소 선조의 의도를 짐작할 수 있었다. 통제사 이순신의 장계는 존재하지 않는 것이다. 자신에게 일임했다는 것은 소신껏 국문을 집행하라는 뜻이다. 그 소신이란 책임지고 통제사 이순신을 처단 하라는 은밀한 어명이기도 했다. 육두성은 왕의 면전에 무릎을 꿇었다.

"신 좌의정 육두성, 전하의 뜻을 받들겠나이다."

18장

×

추악한 음모

선조실록, (1596 병신 / 명 만력萬曆 24년) 12월 29일(신묘)

사헌부가 아뢰기를,

"신들은, 선전관 조영趙玲이 통제사 이순신李舜臣에게 유지有旨를 가지고
갔다가 이순신으로부터 서장을 받아 온 일이 있는데 겉 봉투에는 뜯어
본 흔적이 뚜렷이 있고 서장 내에 기록한 월일月日의 숫자에 획을 고쳤
다는 말을 듣고 그 서장을 가져다 보니, 겉봉투를 뜯어 본 흔적은 알 수
없으나 날짜에 획을 고쳐 그은 흔적은 분명하였습니다. 조영이 날짜를
지체한 죄를 면하려고 감히 수신帥臣의 장계를 고쳤으니 매우 놀라운 일
입니다. 먼저 파직하고 나서 추고하소서. 정원도 이미 장계를 뜯어보고
날을 고쳐 적은 사실을 알면서도 즉시 청죄請罪하지 않았으니, 또한 잘
못입니다. 색승지를 추고하소서."

맑음.
나의 장계는 존재한다.

- 이순신의 심중일기 1597년 정유년 3월 14일 갑진 -

이순신은 별로 당황하지 않는 얼굴이었다. 비록 초췌했지만, 그는 삼만여 명의 수군을 통솔하는 장수였다. 추호의 흐트러짐을 보이지 않기 위해서 안간힘을 쓰고 있는 모습이었다.

　"장계가 없다니요? 그럴 리가 없소이다. 분명 유지를 가지고 왔던 선전관 편으로 서장을 작성하여 올렸소이다."

　국문에 참석한 병조판서 이항복이 물었다.

　"통제사가 보고한 내용의 장계는 없었소. 선전관은 누구를 말함이오?"

　오성 대감 이항복은 이미 알고 있는 내용이지만 다시 되물었다. 좌상 육두성을 의식한 심문이었다. 이순신은 순순히 대꾸했다.

　"조영이라 하였소이다."

　이항복은 좌상을 향해 고개를 돌렸다. 육두성의 인상이 일그러졌다. 떨떠름한 표정이 역력했다.

"선전관 조영을 대질하자는 이야기인가? 그럴 수는 없네!"

"좌상 영감, 이것은 반드시 확인을 해야만 하외다."

육두성은 신경질적으로 말했다.

"확인이라? 장계가 없다는 것을 확인하지 않았던가? 이번에는 선전관…? 그가 아니라면 또 누구를 불러 들이대려는가? 우리는 통제사의 변명과 억지 주장을 듣고자함이 아니야!"

"선전관 조영을 부르시면 되는 일 아니옵니까? 그의 진술이 매우 중요하외다."

병조판서 이항복의 항변에 육두성은 내심 울화통이 터져 미칠 것만 같았다. 사사건건 통제사의 국문을 방해 한다는 생각이 들었다. 넌지시 오성에게만 들리도록 중얼거렸다.

"병판은 전하를 그리 오래도록 보필하였건만 어찌 그 의중을 모르시오?"

이항복은 씨익 장난꾸러기 미소를 지었다. 마치 눈치 없는 며느리의 시집살이처럼 막무가내로 투정을 부렸다.

"내 마흔 하고도 한 해를 더 살았어도 내 마음을 모르고 있소이다. 임금을 가까이 모신 것은 동부승지가 된 이후이니 채 십 년도 아니 되었고. 사십 년의 내 마음도 모르면서 어찌 십 년의 상감을 안다고 할 수 있겠소이까? 그렇게 말씀하시는 영감께옵선 영감의 마음을 알고 계시오? 어심을 읽고 계시오?"

"물론이오."

"아, 진짜 존경스럽소이다. 부럽습니다."

"자신의 마음도 모르고 어찌 요직을 수행할 수 있단 말이요?"

"그건 모두가 좌상 대감 같으신 분이 계시기에 가능한 일이 아닐까 싶소이다. 나는 내 마음도 모르고, 다른 사람도 모르지만 좌상은 내 마음도 알고 상감의 마음도 알고 계시니 말입니다."

이항복의 비꼬는 말투에 육두성은 은근히 비위가 상하였다. 그러나 상대는 오성이었다. 계속해서 그와 말 상대를 해서는 승산이 없음을 진작 알고 있는 좌의정이었다. 그의 얼굴을 정면으로 바라보면서 오성 대감은 다시 강조했다.

"선전관 조영을 참고인으로 불러야겠습니다."

"그건 불가합니다."

"이유를 설명해 주십시오. 좌상!"

"죄인의 항변을 그대로 받아주는 심문이란 있을 수가 없어요. 우리가 국문을 하는 이유를 병판은 정확히 인지하셔야 합니다."

오성 이항복은 전혀 물러날 기색이 아니었다.

"소신은 너무나도 정확하게 본질을 파악하고 있습니다."

"어전에서 보셨던 상감마마의 노여움을 병판은 기억하지 않는 모양입니다."

"어쩌면 그럴지도 모릅니다. 하지만 국문을 함에 있어서 만전을 기해야 한다는 생각은 변함이 없습니다. 그 이유는 통제사이기 때문입니다. 삼도수군을 총괄하는 지위는 왜적과 선봉에서 자웅을 겨루는 중책입니다. 조선 수군의 절대적 위치에 존재하기 때문에 더없이 신중한 조사가 이루어져야 합니다."

좌의정 육두성은 오성 이항복의 항변을 무시하고 싶었으나 그럴 수가 없었다. 병부의 수장으로 만만치 않은 배경을 지니고 있음을 알고 있는 까닭이다. 그중 가장 마음이 쓰이는 인물은 아무래도 도원수 권율이었다. 장인 권율과 사위 이항복의 돈독한 관계는 대신들 사이에도 유명한 일화들이 많았다.

'배후에 도원수만 존재하지 않았더라면…… 그냥 끝장을 볼 텐데.'

오성 대감 이항복이 좌상 육두성의 의표를 찔렀다.

"설마 지금 장인어른의 배경을 염두에 두고 계시는 것은 아니시죠?"

'이런 교활한 놈을 봤나?'

좌의정 육두성은 혀를 내둘렀다. 이항복의 술수가 역시 고단수라는 생각을 할 수밖에 없었다. 허점을 적나라하게 노출당한 느낌이었다. 마침내 허락할 수밖에 다른 방도가 없음을 깨달았다.

"병판의 의견을 따르도록 하지요. 조영, 그 선전관을 찾아서 대질 심문해 봅시다."

* * *

"선전관 조영이라고 했는가?"

승정원 소속의 친구 구대일은 고개를 납작 숙이고서 사야가 김충선에게 물었다. 김충선은 대답 대신 고개를 끄떡이며 확인했다.

"정확한 일자는 모르시는가?"

구대일은 관리의 모범적인 자세로 질의했고 김충선은 매우
차분했다.

　"지난해 병신년 말이라고 들었네."

　구대일은 입맛을 다셨다.

　"통제사의 장계라면 반드시 기록에 있을 것일세. 가만, 조… 영
이라고?"

　"알고 있는 자인가?"

　김충선은 구대일의 눈과 입에 주목했다. 승정원 주서 구대일
은 양미간을 잔뜩 찌푸리면서 중얼거렸다.

　"이 자는 통제사 이순신의 장계를 훼손하는 바람에 사헌부에
서 파직을 요청하는 상소를 올린 적이 있었다네. 적지 않은 소요
를 일으켰지. 맞아, 기억이 나는군."

　사야가 김충선은 경직된 자세로 친구를 응시했다.

　"사헌부에서 상소를 올렸다면 당연히 문책을 받고 파직을 당
했겠군."

　승정원의 주서 구대일은 고개를 좌우로 흔들었다.

　"아니, 그 사건은 어찌된 일인지 유야무야 되어 버렸네."

　김충선은 이해가 되지 않았다.

　"감히 임금에게 올리는 통제사의 장계에 손을 대는 불충대죄
를 범하고도 처벌을 받지 않았다니 믿을 수가 없군."

　"승정원에서도 의아하게 생각했으나 당시 도승지는 함구를
명하였다네."

　놀라운 사실이 드러났다. 이순신의 장계는 분명히 존재했었

고 그것을 운반했던 선전관 조영이란 작자가 어떤 이유에서인지 강계를 훼손한 사실이 증명된 것이다. 김충선은 이순신의 주장이 분명하다는 확신을 가졌다. 하지만 가슴은 복잡했다.

"선전관 조영이란 위인에 대해서는 뭔가 알고 있는 게 있는가?"

"일전에 말했지 않은가? 더 이상은 말단 관리인 내가 곤란하다고. 자네를 돕는 나의 소임은 여기까지일세."

구대일은 몹시 곤란한 듯 손사래를 쳤다. 김충선은 그런 친구의 손을 붙들어 억지로 마주 잡으면서 고마움을 표시했다.

"마음에도 없는 소리는 그만 하시게. 날 멀리해야 한다고 말하면서 실상은 이렇게 요청만 하면 도움을 주지 않는가. 자네라는 친구는 정말이지 훌륭해."

구대일은 사야가 김충선의 칭찬을 받으면서 흡족한 미소를 지었다.

"다······ 자네 덕분일세."

"그런 소리 마시게, 변신이라는 것이 얼마나 어려운지 난 경험을 통해서 알고 있네. 한량으로 소문났던 자네가 승정원의 의젓한 관리라니 다시 한 번 경하慶賀함세."

구대일은 사방을 둘러보더니 김충선의 귀에 대고 작은 목소리로 속삭였다.

"승정원의 내부 소식에 의하면 상감마마가 사헌부의 지평 하나를 도구로 사용하신다고 하네."

"도구라니?"

"통제사를 핍박하고 제거하려는 도구 말일세."

사야가 김충선은 흠칫 놀라움을 금치 못하였다.

"혹시 그가 조영인가?"

"장계를 훼손한 선전관 조영이 아니라 그의 이름은 강두명이라고 하네."

사야가 김충선은 의혹을 느끼지 않을 수가 없었다.

"사헌부가 어명에 따라서 행동한다면 선전관 조영의 죄목을 상소할 까닭이 없지 않겠는가? 이치에 맞지 않는 일일세."

승정원의 주서 구대일은 악동의 미소를 머금었다.

"사헌부의 전체 관리가 지평 강두명 같지는 않다고 하면 이해가 되겠나?"

사야가 김충선의 뇌리를 빠르게 스쳐가는 생각이 있었다.

"임금의 총애를 받고 있는 강두명이 꼴불견인 관리도 있겠지."

"바로 그걸세. 과연 자네의 안목은 비상하다니까."

구대일은 김충선의 예리함에 새삼 칭찬을 아끼지 않았다. 하지만 김충선은 여유를 느끼고 있을 만큼 한가하지 않은 시간이었다.

"조영의 행방을 한시바삐 서애 대감에게 알려드려야 하네."

구대일은 서애 유성룡의 이름이 거론되자 놀라며 되물었다.

"영상 말이신가?"

김충선은 천천히 고개를 숙였다.

"누구보다도 통제사를 염려하시는 분이시지."

"내 기억으로는 당시 사헌부의 상소를 외면하고 조영을 비호했던 대신 중에서 주류라면 도승지와 이조판서 겸 예문관 제학 이우찬이었어."

김충선은 그 이름을 가만히 되뇌었다.

"이조판서 이우찬? 도승지 오억령? 그가 선전관 조영의 죄목을 덮어 주었단 말이지?"

사야가 김충선이 심각하게 이우찬과 조영의 관계를 추이하고 있을 때 곽재우와 장예지가 함께 무악재에 자리하고 있는 정자로 모습을 드러냈다. 승정원의 구대일은 크게 안색이 변했다. 김충선의 다른 일행에 대한 경계였다.

"아니, 이보시게 충선?"

구대일은 몹시 당황한 표정이었다. 자신의 신분이 노출되는 것을 극도로 꺼리고 있다는 사실을 김충선이 모르지는 않을 터인데 이게 무슨 짓인가? 사야가 김충선은 친구 구대일의 불안한 모습을 보면서 급히 사과했다.

"이건 의도하지 않은 일일세."

"저들이 어떻게 그럼 이 장소에 나타났단 말인가?"

그런데 여인의 미모가 구대일의 다리를 붙잡고 놔주지 않았다. 장예지는 봄바람을 타고 너울거리며 춤추는 무녀처럼 화사한 자태로 곽재우의 뒤를 따랐다. 그녀의 옷차림에서 김충선은 새삼 과거의 한 떨기 매화 같던 장예지의 모습을 떠올렸다. 일전 왜적에게 쫓겨서 등장할 때와는 하늘과 땅만큼의 차이가 있었다.

'실로 꽃 중의 꽃이로다!'

장예지의 아름다움을 목격한 구대일은 쉽게 발걸음을 떼지 못하고 있었다. 금방이라도 달아나려고 했으나 그건 마음뿐이었다. 한때 한성을 누비며 주색잡기로 유명했던 한량의 끼가 스물거리며 기어오르려고 했다. 그 어여쁜 장예지가 꽃잎처럼 고은 입술을 터뜨렸다.

　"스승님, 조영이 모습을 드러냈습니다. 선전관이 의금부로 스스로 자진해서 들어갔답니다."

　사야가 김충선은 '사실인가? 하는 놀란 시선으로 곽재우를 직시했다. 그가 확인해 주었다.

　"선전관 조영이 분명하네!"

* * *

　"통제사, 그 어인 말씀이요?"

　건장한 체구에 눈썹이 굵직한 중년의 사내 한 명이 국청에 나와서 통제사 이순신을 바라보며 두 눈만 두꺼비 마냥 껌벅거렸다.

　"내 분명 서장을 작성하여 선전관에게 올리지 않았소?"

　"기억이 전혀 없소만……"

　선전관 조영은 고개를 갸웃거렸다. 처음 듣는다는 태도였다. 이순신의 얼굴에 실망의 기색이 떠올랐다.

　"그럴 리가 없소이다. 선전관, 잘 생각해 보시오."

　"아무리 그래도 모르는 건 모르는 거요. 통제사의 장계 따위는 내 받은 바가 전혀 없소이다."

상대방의 시치미에 통제사 이순신은 가슴이 답답했다. 사람의 탈을 쓰고 이래도 되는 것인가? 분명 수군 통제영에서 장계를 작성하여 선전관에게 건네주었다. 병신년 말에 명과 왜의 강화 협상이 결렬될 조짐을 보이자 이순신은 즉각 왕에게 서장을 제출했던 것이다.

"진실을 숨기려는 의도가 과연 무엇인지 궁금할 따름이오. 선전관!"

이순신은 치밀어 오르는 분노를 자제하며 조영을 차갑게 응시했다. 그는 짐짓 눈길을 외면하면서 좌상에게 물었다.

"난 이제 돌아가도 되는 거요?"

"수고했소."

육두성이 선전관을 물리려 하자 그때까지 뭔가 깊은 상념에 잠겨있던 오성 대감 이항복이 화들짝 손을 들어 올려 제지 시켰다.

"잠시만 기다려 주시오. 미안하오. 우린 평상시에는 건들거리는 경향이 있소만 한 가지 일에 골몰하게 되면 가끔 주변 상황을 까마득히 잊고 있어서요. 선전관은 장계를 보도 듣지도 못하였다는 것입니까?"

"그렇소이다."

"통제사는 전달하였다 하고요?"

"내가 받은 적이 없으니 그건 통제사의 착오가 아닐까 생각하오."

이순신은 상대의 어처구니없는 태도에 실망을 금치 못하고 있었다. 일개 나인도 아니고 조정의 선전관이 이리도 무책임 하고 무성의할 수 있는가?

"만일 국청에서 위증을 하게 되면 어떤 벌을 받게 되는지 선전관은 알고 계시오?"

이항복의 위압적인 태도에 조영은 조소를 흘렸다.

"나라의 녹을 먹는 자가 어찌 그 정도를 모르겠소."

"통제사는 분명 주었다고 하고, 선전관은 받지 않았다고 하니 두 분 중에 진실을 외면하고 계신 분이 있거나, 아니면……"

좌의정 육두성은 진작부터 오성이 마음에 들지 않았다. 국문에 함께 참여하라는 어명이 있을 때부터, 아니 삼월 초 그가 병조판서에 오를 때부터 심사가 뒤틀렸었다.

"이보시오… 오성!"

이항복은 좌의정의 제지에도 불구하고 자신이 하고 싶은 말을 뱉어냈다.

"장계를 올린 분이 통제사가 아니었거나, 장계를 받은 분이 선전관이 아니시거나!"

육두성이 콧방귀를 뀌었다.

"그게 그 말 아니요? 오성 대감은 자꾸 헛갈리게 하지 마시오. 이것은 아주 명확하오. 죄인이 자신의 죄를 왜곡하기 위해서 거짓말을 예사로 동원하고 있는 것이요!"

이순신이 노성을 토해냈다. 보름이 넘는 힘겨운 감옥살이를 했던 죄수의 목소리라고 여겨지지 않는 강성이었다.

"난 명예롭게 살고자 하는 조선의 장수요! 결단코 죽음을 두려워해 본 적은 없소. 위선으로 살고자 하지 않소! 불명예로 목숨을 구걸하지 않소!"

좌의정 육두성이 안면 근육이 실룩였다. 당장이라도 물고를 내리라는 명령을 내리고 싶어서 입안이 근질거렸다. 이때 이항복이 적절하게 제지하고 나섰다.

"내 말은 장계를 올렸다는 것이 사실이면 그걸 받은 이가 선전관이 아니고 도승지나 예조의 당상, 아니면 전하께서 직접 수령하셨을 수도 있지 않았겠느냐는 것입니다."

국문을 자행하던 육두성을 비롯한 관리들과 그 당사자인 이순신조차도 얼떨떨한 표정을 지었다. 특히 조영의 얼굴은 미묘하게 일그러지기까지 하였다.

"장계의 내용을 보지 않았으니 모른다는 그 답변도 반드시 틀리다고는 할 수 없지요. 선전관은 어쩌면 애초부터 장계와 관계가 없었던 것이고요."

"그게 무슨 말이요?"

"통제사로부터 서장을 받지 않았다고 주장하기 때문이요. 그렇다면 통제사를 만나 유지를 전한 것은 어떻소? 그건 사실이요?"

선전관 조영은 그것마저 부인할 수는 없는 모양이었다. 통제영에서의 흔적을 완벽하게 지울 수는 없었다.

"음, 통제사와 만난 일은 있소."

"그럼 문제는 장계의 유무가 아닙니까. 그건 궁 안의 어딘가에 존재할 수도 있으니 이를 확인하면 될 것입니다."

망할 놈의 자식! 이라고 좌의정 육두성은 고함을 치고 싶었다. 참는 인내에도 한계가 있다. 이번 한 번이다. 기회는 두 번은 없는 것이다. 왕은 이미 그 장계를 폐했다고 했으니 증거는 없다.

"장계의 행방을 재검토해보기로 한다. 진정 존재하지 않는다면 더 이상 국청에서 그 장계를 논하지는 않을 것이다."

병부의 오성 대감은 신중한 기색이었다.

"그건 아닙니다. 결정적인 증좌를 그리 허술하게 넘겨서는 아니 됩니다. 어떤 수를 사용해서라도 장계의 행방을 탐문해야지요. 그게 우리가 해야 할 일이요 사명입니다."

병부의 오성 대감 이항복은 집요했다.

19장

×

왕의 밀행
密行

임금의 밀행은 적의敵意로 가득했다.

나의 정당함을 반항으로 여기고

추상秋霜의 위엄으로 응징하고자 한다.

왕을 따르는 지평은 분수를 모른다.

총기聰氣가 넘쳐야 할 소임에

아부阿附의 그림자만 서성인다.

왕의 권위만 소유하고 싶은 졸자拙者는

소리 높여서 짖어대며 경계하지만

나는 실로 가소로워 돌아눕는다.

-이순신의 심중일기 1597년 정유년 3월 15일 을사-

"아, 어머니!"

이순신은 모친 변 부인을 생각하자 가슴이 미어지는 것만 같았다. 꿈에서라도 잠시 뵙고 싶었으나 도통 나타나지 않았다. 두 형을 잃어버리고 오직 자신 이순신만을 의지하시는 어머님이었다. 그래서 아들 이회, 이울, 이면에 이어서 조카인 이분과 이완 등 대가족을 이루게 되어 부득이 남솔濫率로 주변 구설에 오르는 경우가 많았다. 어머니는 그때도 누구보다 강하였고 이순신을 신뢰했다.

'지금 이런 순간도 어머니는 나의 무사 방면을 염원하고 계실 것이다.'

이순신은 보지 않아도 볼 수 있었다. 아산의 저택 앞마당에 정화수를 떠놓고 아들의 무사 귀환을 밤낮으로 빌고 있으리라. 모친을 기억할 때마다 자신을 구금시킨 조정에 대한 분노가 무섭게 끓어올랐다. 그러나 다른 한편으로는 모친의 애국에 대한 충정을 무시할 수가 없었다.

"무릇 신하는 주군을 위하여 죽음으로 충성을 다해야 하는 법이니……"

그렇게 배워왔고 그렇게 행동해 왔었는데 그 결과는 참담했다.

막내아들 이면도 그리웠다. 아내 방 씨 부인은 셋째인 막내와 함께 어머니를 극진히 모시고 있겠으나 자신의 몸이 감금되자 걱정은 파도의 포말泡沫이 되어 부풀었다가 터지기를 반복했다. 처妻 방수진方守震의 조용한 자태도 가물거리며 이순신의 성정을 자극했다. 이빨이 저절로 악다물어지며 갈렸다.

"선전관 조영, 나의 장계를 어찌하였는가?"

그때였다.

저만치서 인기척이 일어나더니 낯선 인형의 형체가 어렴풋이 어른거렸다. 걸음걸이가 어지럽게 부산스러운 가운데 한 인물만이 정보正步의 보폭으로 걸어 들어왔다. 이순신의 이목은 기이할 정도로 그 중앙의 갓을 깊게 눌러 쓴 선비에게 예민하였다. 도포는 눈이 부실 정도로 하얗게 빛나고 있었고 소매의 끝자락으로 삐죽 빠져나온 손은 더 하얗고 고결해 보였다. 이순신의 등줄기에서 순식간에 진땀이 흐르며 뇌리는 어떤 직관으로 경련을 일으켰다.

'설마……?'

설마가 아니었다. 변복을 하고 있는 왕의 행차였다. 선조 임금의 어린 시절 이름은 이균李鈞이었다. 이균은 느리지만 무게감 있는 발길로 이순신의 옥사로 다가왔다. 그를 모시고 있는 인물은 상선 내관이 아니라 놀랍게도 사헌부 지평 강두명으로 이순신을 농락했던 위인, 그리고 왕의 밀행에 동반하고 있는 호위 무관 한 명이었다.

강두명은 민첩하게 이순신의 옥문 창살에 얼굴을 갖다 대고 이순신의 예감을 확인시켜주었다.

"주상 전하이십니다."

이순신은 엎드려 고개를 조아렸다.

"신 이순신 전하를 배알하나이다."

선조 이균은 어떠한 말도 하지 않았다. 왕은 침묵으로 죄인의 모습을 한 채 꿇어앉아 절하는 이순신을 내려다보았다.

'이 자이던가? 감히 과인의 권위에 백성의 신망으로 무력감과 통증을 안겨주었던 바로 그 위인이란 말이지. 꿈에서 조차 날 괴롭히던 그 이름 이순신, 이토록 무기력한 작자였다니 실로 어이가 없구나.'

감옥에서의 십여 일은 이순신을 극도로 초췌하게 만들었다.

"죄인은 들으라. 아직도 임금을 기만하고 본인의 영달을 위하여 행동하는 간교하고 교만한 행위를 멈추지 않고 있기에 전하께서 친히 왕림하신 것이다."

이것이 무슨 소리인가? 사헌부 젊은 지평 강두명의 해괴한 발언에 대해서 이순신은 너무나 황당하여 차마 입을 열어 대꾸하기가 민망하였다. 그는 왕의 배후를 믿고 더욱 안하무인으로 떠들었다.

"본인의 죄를 뉘우치고 백번 죽음으로 사죄해야 옳거늘 스스로 구명을 위해서 장계 타령을 했다고 들었다. 사실인가?"

이순신은 당당했다.

"진실을 고하여 신의 억울함을 풀고자할 따름입니다. 소신이 어찌 감히 조정의 명을 업신여길 수 있으며 하해와 같은 성은을 배신할 수 있으오리까! 전하, 굽어 살펴주옵소서."

이순신은 충심을 다하여 왕에게 호소하였다. 왕 선조의 표정에는 어떠한 변화도 찾아볼 수가 없었다. 왕은 여전히 낯선 신색으로 이순신을 굽어볼 뿐이었다. 강두명 지평은 본래가 영악한 인물이었다.

"장계는 존재하지 않는다!"

이순신은 조아렸던 고개를 번쩍 치켜들었다.

"그럴 리가 없사옵니다. 선전관이 분명히 서장을 인수하여 떠났습니다. 그의 이름은 조영이오니 추고推考하시면 진상이 명명백백明明白白 드러나게 될 것이옵니다. 부디 통촉하여 주옵소서."

왕 선조는 여전히 표정의 변화를 보이지 않았다. 그는 마치 굳어진 석상이 되어 그렇게 이순신을 물끄러미 내려다볼 뿐이었다. 발언은 발칙한 사헌부 지평 강두명에 의해서 연신 튀어나왔다.

"진정 살고자 한다면 무모한 도발이 아니라 그대의 죄를 인정해야 할 것이다. 왕명을 거역하고 조정 신료들의 중론을 무시했으며 자신의 욕심을 위해서 동료 장수를 무고하고 시기한 행각을 인정하는 것만이 유일하다."

이순신의 일신에서 전율이 일어났다.

그 어느 죄목 하나라도 해당될 리가 만무하지 않은가. 동료 장수를 무고했다는 것은 원균 장군을 염두에 두고 있는 소리였다. 이순신의 노기는 사헌부의 젊은 지평 강두명에게 뿜어졌다.

"입을 다물라! 진정 내 목숨을 원하는 것이라면 진실을 발설하라."

"진실은 통제사의 오만으로 비롯된 것이지."

"나의 오만은 오직 왜적들에게만 작용된다. 그들의 행위는 실로 가소롭다. 왜적의 함대가 남해 바다를 모조리 뒤덮어도 난 그들이 가소로울 뿐이다. 나의 오만은 바로 왜적들의 중심에서 강맹할 따름이다."

이순신의 눈에서 불꽃이 타오르는 것만 같았다. 강두명은 갑자기 가슴이 서늘해짐을 느끼면서 왕을 슬쩍 올려다보았다. 선조의 눈빛은 종잡을 수 없도록 깊게 가라앉아 있었다. 고요하다는 표현은 어울리지 않았고 갈등을 표출할 수 없는 내면의 파장이 파르르 전달되었다. 강두명은 눈치가 천리에 해당하는 위인이었다. 그는 왕의 복잡함을 읽고 있었다. 만일 여기서 지척이게 되면 왕의 신임 역시 지지부진해질 공산이 크다는 것을 그는 계산했다.

"오만방자함이 하늘에 닿았구나. 그렇게 자신만만하면 어째서 진작 왜적들을 바다에서 수장시켜 버리지 않고 육지까지 상륙하도록 허용한 것이냐? 가토와 고니시 등의 적장을 물리쳤다면 임진년의 굴욕을 당하지 않았을 것이라는 허황된 주장! 그게 통제사 영감이 염두에 두고 있던 노림수였겠지. 조종 대신들의 무능함을 드러내자는 망상!"

억지도 이런 억지가 없었다. 이순신은 궁금해졌다. 진정 왕 선조가 나의 죽음을 원하고 있는가? 그래서 몸소 죽어 달라고 왕림하신 것인가?

"전하, 신 이순신은 오로지 왜적의 침략에 금수강산을 수호하고 싶은 일념이옵니다. 그 외에는 어떤 사심도 존재하지 않음을 믿어 주옵소서."

단지 왕 선조는 강두명을 바라보면서 가벼운 턱짓을 해 보일 뿐이었다. 강두명은 소위 어심을 파악하고 있었다. 그는 사나운 눈길로 이순신을 노려보았다.

"무릇 만사에는 시기가 중요한 법이다. 통제사는 조정의 분란을 앞으로 더 획책하지 말도록 하라."

"분란이라 하심은?"

"모르시겠나?"

강두명의 입가에는 조롱의 빛이 잠시 머물다가 사라졌다. 젊은 사헌부 관리는 이순신을 여전히 농락하고 있었다. 이순신은 고개를 좌우로 흔들었다.

"소신은 나라와 백성만을 위하여……"

갑자기 지평 강두명의 날카로운 목소리가 이순신의 고막을 파고들었다.

"시끄럽다! 통제사는 존재하지도 않은 서장을 핑계로 목숨을 구걸하지 말고 차라리 어전에 고두사죄叩頭謝罪 함이 마땅하지 않겠나. 그리되면 성군의 자비가 있지 않겠는가? 당장 위증을 멈추어라."

이것이 왕 선조가 원하는 것이었던가? 선전관 조영을 통하여 올린 장계의 행방을 입에 올리지 말라는 은밀한 어명御命. 이순신의 몸이 다시 소스라쳤다.

"전하, 신이 감히 말씀 올리옵니다. 신하의 도리로 가장 중요한 점은 성신聖臣으로, 이는 일의 맹아가 아직 미동하지 않고 정체가 드러나는 조짐이 있기 전에 나라의 존망과 유익을 미리 정확히 짚어서 재앙이 발생하기 전에 그것을 소멸시켜 영광의 옥좌玉座에 군주가 지속으로 머물게 하는 것이옵니다."

강두명의 안색이 푸르게 빛났다.

"통제사가 지금 본인을 성신으로 생각하고 있다는 것인가? 어이가 없군."

이순신은 순간적으로 아찔함을 느꼈다. 일종의 현기증 같은 것이었는데 갑자기 폐부의 저 밑바닥에서 소용돌이가 용솟음쳐서 올라왔다.

"사악한 신하의 유형 중 하나가 유신諛臣으로 아첨의 대명사이옵니다. 그는 군주가 어떤 말과 행동을 하던지 모두 옳다고 하며 은밀히 군주가 좋아하는 것을 찾아 바치며, 그것으로 군주의 눈과 귀를 즐겁게 하고 군주의 행동에 영합하여 자기 관직을 보존하며, 군주와 더불어 희희낙락 즐기면서 이후의 폐해에 대해서는 전혀 돌보지 않는 신하입니다."

사헌부 지평 강두명의 얼굴색이 붉게 물들었다. 순식간에 독기가 뿜어져 올랐다.

"통제사, 정녕 살고 싶지 않은가?"

이순신은 자리에서 벌떡 일어났다. 도대체 어디서 그런 완력이 치솟았는지 갑자기 바둑판 모양의 옥문을 발로 걷어차고 뛰어나왔다. 강두명은 물론이고 왕 선조의 놀람이 극에 달했다.

"어헉?"

이순신은 젊은 지평 강두명의 머리통과 목을 부여잡고 그대로 좌우로 돌려버렸다. '우지직!'하는 기이한 소음이 감옥을 통째로 뒤흔들었다. 이순신은 절명해 버린 강두명의 시신을 거머쥐고 왕 선조에게 부르짖었다.

"이러한 간신奸臣을 측근에 두고 있으니 나라꼴이 무엇이 됩니까? 왕이시여 부디 사악한 육사신六邪臣들을 모조리 목 베어 남해의 푸른 바다에 장사 치루소서!"

왕 선조는 경악하여 엉덩방아를 찧었고 다른 옥사 안의 죄수들이 환호를 보내며 발을 구르고 손뼉을 치고 난리가 났다. 그 소리에 불현듯 이순신은 환각에서 깨어나고 있었다. 찰나에 강두명을 응징하는 생각의 염원이 만들어낸 허상이었다. 이때, 비굴한 강두명의 몸을 제끼고 왕 선조의 얼굴이 옥문 가까이 다가들었다. 이순신의 파리한 안색 가까이에 선조의 요망한 목소리가 들렸다.

"그대의 말이 틀리지 않는다. 그래서 이리 괴로운 것이야. 정녕 충성된 신하라면 과인의 고심을 해결해야 하지 않겠나? 이·순·신!"

처음으로 왕이 발설한 옥음이었다. 그것은 나지막했으나 이순신의 심장을 비수로 난도질하는 통증을 안겨주었다.

'왕은 나의 죽음으로 충성을 요구하고 있구나.'

왕 선조는 이순신의 순결한 자결을 원하고 있음이 명백했다.

이순신이 절망하고 있을 때 왕 선조는 몸을 돌리며 비굴한 용음을 토해냈다.

"일의 성패를 살피고 미리 대비하며 재앙의 뿌리를 끊어 복을 만들어 군주로 하여금 시종 근심이 없게 하는 신하가 되어줄 수는 없는 거냐?"

왕 선조는 미련하지 않았다. 그는 이미 신하의 올바른 육정六正과 간악한 육사신에 대해서도 꿰고 있는 영민한 군주였다. 그런데 어째서 이순신을 이리 핍박하는가? 그 이유는 단 하나, 민심이 이순신을 원하고 있기 때문이었다.

* * *

"권좌에 대한 두려움 때문이 아니겠소?"

김충선과 장예지는 객주에 한구석에서 마주 앉았다. 둘만의 시간은 실로 오랜만이었다.

"백성들의 인기가 통제사에게 향하는 일은 당연한 이치 아닙니까? 왕은 백성을 버리고 달아났는데 그들의 믿음은 유일한 것입니다. 끝까지 남아서 백성의 생명과 재산을 지켜준 목민관이 희망이지요."

"왕이 그걸 모를 리가 있습니까?"

장예지는 매우 불안한 얼굴이었다. 그녀는 이미 한 차례 인생이 뒤바뀌는 수난을 당한 적이 있지 않은가.

"스승님은 정녕 방도가 있으신 겁니까?"

"처음에는 오로지 하나였습니다."

장예지는 사야가 김충선의 깊은 눈을 말끄러미 응시했다. 이제는 조일인으로 변신한 사야가 김충선은 언제나 동요가 없었다. 그는 강한 정신과 절도의 몸가짐으로 조선의 전쟁터를 누볐다. 존경의 마음이 그녀의 가슴에서 떠나 본 적이 없었다.

"지금은요? 장계를 추적하는 일인가요?"

"그렇소. 영상의 지시가 아니십니까."

장예지는 총기가 선명한 눈빛을 반짝였다.

"과연 서장이 존재할 수 있을까요?"

김충선은 고개를 좌우로 저었다.

"솔직히 말씀드린다면 아마도 그것은 이미 폐기되었을 것입니다."

"어떻게 그리 추측하시나요?"

김충선이 막 입을 열려는 순간에 이순신의 둘째이며 친우인 이울이 모습을 드러냈다.

"나도 충선의 말에는 동감합니다."

그는 김충선과 장예지 사이의 대화를 들은 듯이 끼어들었다. 장예지는 건너편에 앉는 이울에게 묵례를 보냈다. 황급한 만남이라 사실 인사를 나눌 겨를도 없었다. 더구나 그 좌석에는 영상 유성룡과 도원수 권율, 의병장 곽재우와 같은 조선의 기라성綺羅

輩들이 있었기에 조심스러웠었다,

"만일 서장을 발견할 수 없다면 어찌 되는 겁니까?"

김충선은 단호했다.

"고약한 일이 벌어지게 될 겁니다."

"네엣? 고약한 일이라니요?"

장예지의 눈이 동그랗게 떠졌다. 김충선은 여전히 침착했다.

"왕 선조에게 말입니다. 매우 고약한 사건이 될 것입니다."

왕 선조에게 고약한 사건이라면 대관절 어떤 일을 말하는 것일까? 이울의 표정은 의외로 담담했다.

"우리 형제는 각오하고 있습니다."

장예지의 눈은 점점 더 크게 떠졌다. 맙소사, 만일 이순신의 장계가 사라지고 없다면 조선은 일대 파란에 휩싸이게 될 것이 자명하다. 그렇다면 그것은 모반謀反이다! 경악으로 가득 차오르는 장예지의 눈동자에 사야가 김충선의 고뇌가 선명하게 그려졌다.

'사부, 정녕 그 뿐입니까? 방도가 전혀 없는 것입니까?'

사야가 김충선은 장예지의 눈길을 외면하지 않았다.

'난 저들이 이순신 통제사의 장계를 말살시켰기를 바라오!'

제자 장예지는 사부 김충선에게는 오로지 하나의 길만이 존재하고 있음을 깨달았다. 그것이 역모라고 느껴지는 순간 장예지의 일신에서는 소리 없는 소름이 돋아났다.

20장

×

갈등

봄비가 내린다.

그치면 새로운 길을 도모해야 할 것인데…

그 가느다란 세우가 폭풍의 피바람을 예고하지 않기를

혹여 나에게 누가 묻는다면

불사이군不事二君의 오직 한 마음뿐이었노라.

그러나 아득한 곳에서 들려오는 절규絶叫!

때때로 나의 숨이 멈춰진다.

- 이순신의 심중일기 1597년 정유년 3월16일 병오 -

봄비가 내렸다. 세우細雨였으나 김충선의 가슴에는 폭우가 쏟아져 내리고 있었다. 통제사의 장계가 드러난다 하여도 결국 조선의 왕 선조는 변하지 않을 것이다. 단지 생명의 연장일 뿐 통제사 이순신의 운명은 결정되어 있다. 그것이 김충선을 괴롭혔다.

"선전관 조영이 증언을 했다네. 그런 장계는 없었다고!"

승정원의 구대일로부터 장계의 내용을 전해들은 김충선은 두가지 생각에 골몰하였다. 이대로 모함을 받게 된다면 혁명의 명분을 가질 수 있다는 것이다. 그렇다면 도원수 권율도 역세혁명易世革命, 반역에 가담하지 않겠는가. 그도 이순신의 죽음을 방관만 하지 않을 것임을 분명히 천명했다. 도원수의 변심은 병부의 수장 이항복에게도 고스란히 영향을 미칠 것이다. 그리되면 두려울 것이 없는 완벽한 성공을 예고한다. 영의정 유성룡! 도원수 권율! 의병대장 곽재우! 김충선의 피가 또다시 끓어올랐다.

"형님과 울, 정 종사관님은 통제영으로 내려가셔서 만일의 사태에 대비하세요! 언제든지 삼도수군을 동원할 수 있도록 준비하시고, 이분 형에게는 명나라를 설득할 문서를 작성하라 하십시오."

이분은 이순신의 큰 형 이희신의 둘째 아들로 역관이었다. 여진과 왜의 언어에도 능통했고 무엇보다도 명나라와의 소통에 능숙하였다.

"그리 전하지!"

김충선은 그들을 통제영으로 내려 보내며 다시 강조했다.

"장군을 추종하는 전 장수들을 단속하고, 거사가 시작되면 제일 우선으로 통제사의 뒤를 이은 원균 장군과 그 부하들을 장악해야 할 것입니다."

정경달이 주먹을 불끈 쥐었다.

"통제사님의 명령만 떨어진다면 나를 비롯한 통제영의 만호들과 군관, 첨사들이 모조리 궐기할 것이오!"

"울아, 형님들을 모시고 내려가라. 그리고 넌 도중에 승병장 삼혜스님을 미리 뵙는 게 좋을 듯하구나."

"그러지!"

그리고 그들은 김충선에게 작별을 고하고 서둘러 한산도 통제영으로 떠나갔다. 김충선은 이들의 행적에 대해서 권율과 곽재우 등에게 일단 함구하고 장예지와 함께 거리로 나왔다. 여러 가지 경우의 예측이 사야가 김충선의 머릿속에서 맴돌았다.

"다른 한 가지 방법은……?"

이순신을 살릴 수 있는 다른 하나는 수단과 방법을 가리지 말고 사라진 장계를 추적하는 것이다. 그는 어떤 선택을 해야 하는 것인지 망설이지 않을 수 없었다.

"불편해 보이십니다."

빗물이 떨어지는 청계천 변을 거닐며 장예지가 나지막한 목소리로 말했다. 실로 오랜만에 들어보는 그녀의 해맑은 목소리였다. 만일 오늘과 같은 시기가 아니었다면 김충선은 마음이 크게 동요했을 것이다.

"그래요. 답답합니다."

"짐작할 수 있습니다. 스승님의 가슴에서 분탕질하는 그 마음을!"

김충선은 잠시 걸음을 멈추었다. 그를 따르던 장예지의 발걸음도 자연 느려졌다. 그녀의 손짓이 꽃망울을 활짝 터뜨린 봄꽃들에 향했다.

"스승님, 봄비에 꽃이 촉촉합니다. 그리고 내일 날이 맑으면 그 향기와 아름다움이 더욱 화사하게 피어나게 될 것입니다."

"봄을 풍성하게 만들어 주는 봄비라는 것이구려."

"이 비가 스승님의 열화를 잠시나마 식혀줄 수 있기를 바랍니다. 너무 초조해하지 마십시오. 다시 맑은 바람이 불고 밝은 햇살이 떠오를 것입니다."

장예지의 조용한 충고는 마치 바다에 스며드는 석양처럼 부드럽고 강렬했다. 김충선은 순간 당혹감마저 들었다.

'내가 급했구나. 서둘렀구나!'

장예지는 수표교를 건너다 말고 초롱초롱한 눈망울을 반짝이며 김충선을 살펴보았다.

"통제사를 구원하시고 싶은 게 아니신지요?"

"그렇소."

"서장의 존재를 현재는 확인할 길이 없으나 찾아내야만 하는 게 아닙니까? 혹여 짐작 가는 곳이라도…?"

김충선은 고개를 좌우로 흔들었다.

"모르오. 하지만 왕의 행적과 무관하지 않다는 것은 확신할 수 있소."

"상감마마가 은닉하고 있다는 것입니까?"

"당연한 일이 아니겠소? 왕은 통제사를 제거하기 위한 명분을 확보하기 위해서 수단과 방법을 가리지 않고 음해를 획책해 왔소."

장예지는 갑자기 맥이 빨라지고 호흡이 곤란해졌다. 익호장군 김덕령의 사고가 떠올랐던 것이다. 그는 조선의 왕 선조에 의해서 억울하게 죽어갔다.

"그때와는 다를 것이지요. 왜냐하면 우리는 이제 상대를 알고 있지 않습니까. 통제사를 쉽게 잃지는 않을 것입니다. 스승님이 계시지 않습니까."

"난 어떤 식으로든지 장군을 구해낼 것이요. 그래야만 왜적에게 승산 있는 조선이 될 것이니까!"

웃었다. 장예지는 봄꽃과 봄비 아래 봄의 냄새가 물씬 풍기는 미소를 보내줬다. 이 웃음은 실로 찬란하기까지 했다. 우울하고 답답했던 김충선의 무거운 생각을 일시에 날려 보냈다.

"예지 아씨의 미소를 다시는 볼 수 없을 줄 알았소."

"누구에게도 웃음을 줄 수 없을 줄 알았어요."

장예지 역시도 이렇게 홀가분한 웃음을 지어본 것은 김덕령이 죽은 후 처음이었다. 그리고 그 웃음 뒤에 찾아오는 뜨거움은 차마 설명할 수가 없는 야릇한 느낌이었다. 심장의 두근거림이 귓불을 빨갛게 달아오르게 하였다.

"매우 미안하고 비통했소. 내 스스로 원망스러웠소."

문득 김충선이 지나간 이야기를 끄집어내고 있었다. 익호장군 김덕령을 구하지 못했다는 자책을 하고 있는 것이다.

"들었어요. 도련님을 구했으나, 도련님 스스로가 다시 감옥으로 돌아가셨다는 이야기를."

"그는 충분히 살 수가 있었소. 길이 있었음에도 불구하고 스스로 화를 자초했소. 난 그런 덕령 형을 이해하지 못했소. 그런데…… 이번 경우도 그와 같은 느낌을 받고 있소. 통제사는 새로운 역사를 쓸 수 있음에도 불구하고 그러지 않으려 하오."

장예지는 돌발적으로 고백했다.

"스승님을 그리워했습니다. 간절히 뵙고자 소망했습니다."

김충선은 그녀의 돌연한 고백에 당황스럽고 혼란스러웠다.

"그… 그게……."

"저는 그러 하였는데 스승님은 어떠셨는지요?"

김충선은 그녀의 방심이 담뿍 담겨있는 눈망울을 마주하자 그만 심기가 산란할 지경이었다. 더 이상의 감정을 숨긴다는 것은 불가능했다.

"솔직히 달려가고 싶었소!"

김충선의 솔직한 대답을 들으며 장예지는 또박또박 글을 새기듯 그의 가슴에 화인처럼 각인 시켰다.

"그 마음입니다. 통제사의 마음이 그 마음이고, 홍의장군이며 도원수, 영의정의 마음이 그 마음입니다. 그들은 스승님과 같은 마음입니다."

불꽃이 터졌다. 김충선의 뇌리에서 용암의 분출이 단계적으로 폭발되었다. 어둠을 가르고 치솟아 오르는 태양의 선명함을 체감할 수 있었다. 그들도 그랬던가?

"진정으로 원하지만 그래서는 안 되는 것이 세상에는 존재 하는 법이지요!"

그래서 자신도 장예지를 선뜻 찾아 나서지 못했던 것이었다. 두려움은 아니었다. 배려였을까? 상대의 아픔에 대한 이해였든가? 아니면 관습이었을까? 김충선은 자신도 모르게 더듬거렸다.

"의로움……"

모호하였다. 기준은 애매했지만 적어도 통제사 이순신을 비롯한 조선의 선도자들을 조금 가까이 느낄 수 있었다. 장예지는 지혜로운 여인이었다.

"순리라는 것이 있습니다. 하늘의 뜻으로 일을 도모함이 마땅합니다. 무질서하고 혼란스럽게 일을 다룬다면 그것은 또 다른 혼란만을 가중 시킬 것입니다. 조선은 왜적의 재침략으로 위기에 봉착했습니다. 이러한 시기에 역모의 도발이라면……"

"조선은 치명적이고, 끝내 망하리라 여기시는구려."

장예지의 눈에서 눈물이 흐르고 있었다. 빗물인지 아니면 눈물인지 확인할 길은 없었다.

"나라가 망함이 두려운 것은 사실입니다. 그러나 그보다 더 두려운 것은 스승님을 잃게 되는 두려움입니다."

또 다시 격렬한 감정의 소용돌이가 김충선의 전신을 뒤흔들며 누비고 다녔다. 이 여인은 나 김충선을 염려하고 있다. 철이 들 무렵의 어린 시절부터 화승총을 끌고 전란에 참여했던 소년병은 언제나 고단했다. 매일 지옥과도 다름없는 격전의 현장에서 피와 죽음을 목격하고 영주인 주군을 위해 싸우고 복종했다. 사야가란 소년병에게는 내일이 존재하지 않았다. 그에게는 삶에 대한 의욕보다도 생존이라는 목적만이 존재했다.

"난 조선을 정복하고자 했었소!"

장예지는 처음 듣는 소리였다. 그러고 보니 실상 그녀는 김충선에 대해서 그리움만 잔뜩 지니고 있었지 자세한 내력을 모르고 있었다.

"그랬던가요?"

"나에 대해 궁금하지 않소?"

"아주 많이 궁금하죠. 아주 많은 걸 알고 싶죠. 하지만 우리에게는 그럴 기회가 전혀 없었어요."

"그렇소. 우린 그래서는 안 되는 관계였던 거 아니었소?"

익호장군 김덕령과의 사이에서, 그들은 그저 스승과 제자, 친구의 연인, 연인의 친구일 뿐이었다.

"그 때문에 이순신 장군의 나라를 꿈꾸시는 건가요?"

"아니요."

"그럼 무엇 때문입니까? 스승님이 원하는 이순신의 나라는 누구를 위한 것입니까?"

김충선은 잠시 상념에 빠져들었다. 첩자諜者로 선발되기 위해 훈련했던 고난의 과정들이 주마등처럼 스쳐갔다.

"난 본래 간자間者(첩자)로 이 땅에 잠입했었소."

장예지는 놀라고 말했다.

"아!"

믿을 수 없는 일이었다. 스승인 김충선은 조선인보다도 더 조선을 사랑하는 인물이었다. 그는 지난 임진년과 계사년에 왜군을 상대로 대단한 업적을 남긴 사람이었다. 그래서 도원수 권율과 삼도수군통제사 이순신, 의병장 곽재우 같은 조선의 핵심 인사들에게서 인정받고 있었다.

"그랬었나요? 본래는 간자이셨나요?"

김충선은 고개를 끄덕여 수긍했다.

"임진년, 왜란이 발발하기 전이었던가요?"

"맞소. 그 2년간에 걸쳐서 조선 팔도를 샅샅이 누비고 다녔소! 조선의 지리와 인물, 요지를 정탐 했소. 최초에는 살생부殺生簿도 작성했었지요."

충격적인 고백 앞에 잠시 장예지는 말문이 막혔다. 다시 촉촉하게 눈가가 젖어왔다. 조일인朝日人을 자처하는 이 사내는 대관절 얼마나 힘든 세월을 지나 온 것일까? 칼을 품고 왔던 나라를, 이제는 어째서 이토록 지켜주는 것을 염원念願하는 것일까? 아마도 그가 걸어왔던 길은 눈물과 한恨으로 산더미가 되어 쌓여 있고, 강물을 넘어서 바다가 되었을지도 모른다는 생각이 들었다.

"몰랐습니다. 그런 고통의 세월을 지니고 계신 줄은!"

"그런 나를 변하게 한 것은 조선이었습니다! 조선의 모든 것들이 일본의 철포 사무라이 사야가를 변하게 만들었지요! 조선은 그런 문화의 가치를 지니고 있는 나라였소."

장예지가 다시 눈물을 떨어뜨리며 진심으로 애원했다.

"자신을 소중히 하세요!"

장예지의 속삭임은 고요한 빗물의 파문이 되어 김충선의 고막을 어루만졌다. 부드럽고 따스하며 정감이 넘치는 감동이었다. 그녀의 눈물 앞에 오히려 김충선은 이제 차분해지는 자신을 발견 하고 있었다. 격렬한 투쟁의 하루하루였다. 이순신의 투옥 이후에는 거의 정상적인 생활이 아니었다. 그는 새로운 조선의 역사를 만들고자 몸부림쳤다. 자신의 존재를 철저히 버리고 행동했다. 그러한 김충선의 길에 예기치 않은 복병으로 등장한 그녀이다.

"새순을 돋기 위하여 땅을 비집고 나오는 고통이 따름은 당연하오. 봄날의 화사한 꽃망울이 터져 향기로운 꽃이 피는 것은 겨울을 이겨낸 이치외다. 극복하지 않으면 자연自然이 아니라 재해災害요."

"반드시 그래야 하는 겁니까?"

"그렇소! 본래는 그럴 마음뿐이었소."

"지금은 아니시라는 건가요?"

"모르겠소. 나도……"

장예지는 재회再會한 스승의 깊은 고뇌에 자신조차 감화된 것으로 느껴졌다.

"멈추세요! 통제사를 구하실 방도가 생겼지 않습니까? 순리를 거역하지 않아도 되는 일이라면 그 길을 가셔야 합니다."

갈등의 폭은 넓고 깊었다. 순리를 어기지 말아야 한다는 장예지의 조용한 외침이 그의 신념을 뒤흔들었다. 누구를 위한 역심逆心이었던가? 백성을 위해서였던가? 아니면 통제사 이순신을 살리기 위해서? 그것도 아니라면 나 개인의 욕망은 아니었는가?

'아니다. 그건 아니다. 사적인 목적은 절대 아니다!'

김충선은 자신에게 묻고 답하였다. 조선을 새롭게 이루고자 하는 큰 뜻은 어디에 있는가? 이순신이었는가? 조선에 투항하여 적지 않은 사람들과 교류했다. 이순신을 만났고, 곽재우와 김덕령을 알았다. 젊은 군관과 늙은 의병을 만났으며 이울과 같은 친구도 사귀었다. 그리고 장예지란 제자를 두었고 마음속 연인도 가졌다. 희망은 사람이었다. 사람다운 사람이었다. 사람이라고 모두 사람은 아니라는 걸 김충선은 일본에서부터 일찍이 깨달은 바가 있었다.

'일본의 히데요시는 존경할 수 없는 살인적 본능을 지니고 있는 자로 우리 사야가를 몰살시켰다. 조선의 선조는 기만과 위선으로 당파를 조종하여 집권의 야욕에만 몰두, 결국 대다수 백성들을 굶주림과 전쟁으로 희생시켰다. 그들의 사상과 행동은 달랐으나 대량의 사람들을 죽음으로 몰고 간 원흉이란 점은 닮아 있었다. 그래서 나는 사람답지 못한 사람을 응징하고 싶은 것이다.'

장예지는 복잡한 심경의 변화를 느끼고 있는 김충선에게 다정한 미소를 보냈다.

"무모한 조선을 원하지 않아요. 우리는."

그녀는 마치 빗속에서 눈부시게 피어나는 목련과도 같았다. 사야가 김충선은 동요됨을 느꼈다.

"참고하리다."

장예지는 스승인 김충선의 이런 점이 너무 마음에 들었다. 그는 언제나 자신만을 고집하지 않았다. 상대방의 말을 경청敬聽하는 자세가 되어 있었다. 어쩌면 그러한 몸가짐이었기에 조선의 정착이 성공적이었는지도 모른다. 그는 언제나 바르게 자신을 무장하고 살아갔다. 타국에서의 흐트러진 자세는 스스로 용납할 수 없었다.

"기뻐요. 스승님과 이렇게 봄비를 즐기며 걷게 될 줄은 상상도 못 했어요."

그녀는 김덕령이 그렇게 희생된 후 크게 충격을 받았다. 사랑하던 정인에 대한 사별死別이 사무쳐야 했지만 그렇지 않음에 놀란 것이다. 물론 슬프지 않은 것은 아니었다. 당연한 비극悲劇에 목을 놓아 울었으나 자꾸만 지워지지 않는 영상이 있었다. 스승 사야가였다. 그래서 그녀는 소스라치게 놀라며 잠적潛迹해 버렸던 것이다. 조선의 여인이 선택할 수 있는 방법은 그리 많지 않앉다. 그리고 아직도 그 잔인한 조선의 윤리倫理와 도덕道德, 여인의 규범規範은 그녀를 자유롭게 하지 못하도록 하고 있었다.

"저 작자가 바로 선전관 조영인 모양이군."

사야가 김충선의 입이 벌어지는 순간에 장예지는 울적한 상념에서 벗어나고 있었다. 그녀의 동공에 낯선 중년의 사내가 비쳤다. 그는 제법 체격이 우람하였고 눈빛도 흐리지 않았다. 장예지는 자신도 모르게 긴장하여 주먹을 쥐었고 땀이 배이기 시작했다.

'어쩌면 저 자에 의해서 조선의 명운命運이 갈리겠구나!' 란 생각이 장예지의 뇌리를 스쳐갔다. 그리고 그 장소는 이조판서 이우찬의 저택 앞이었다.

21장

×

드러나는 진실

선수 31권, 30년(1597 정유 / 명 만력萬曆 25년) 1월 1일(임진)

통제사 이순신이 수군을 거느리고 부산 근처로 진병할 것을 청하다

통제사 이순신이 치계하기를,

"명의 사신이 이미 통신通信하며 왕래하였는데도 흉적兇賊이 그대로 변경에 있으면서 아직도 틈을 노리어 침략할 계책을 품고 있으니 참으로 분개스럽습니다. 신이 수군을 뽑아 거느리고 부산 근처로 진주進駐하여 적이 오는 길을 차단하고 일사의 결전을 하여 하늘에 사무친 치욕을 씻고자 합니다. 만일 지휘指揮할 일이 있거든 급히 회유回諭를 내려주소서."

하였는데, 듣는 자들이 모두 장하게 여겼다. (선조수정실록 중에서)

====

개임.

망궐례를 올렸다.

- 이순신의 심중일기 1597년 정유년 3월 17일 정미 -

선전관 조영은 요즘 마음이 불안하고 꿈자리가 뒤숭숭했다. 어제만 하더라도 도승지가 긴급하게 불러내어 입단속을 철저히 지시하였고 급기야 오늘은 병조판서의 호출까지 받게 되었다. 병환 중임을 핑계로 입궐을 미루었더니 이항복은 정중한 문구로 정오에 방문을 하겠다는 서신을 보냈다. 물론 병문안이 목적이 아니라는 것을 조영이 모를 리가 없었다. 그는 급하게 두루마기에 갓을 채비하고 새벽에 이조판서 이우찬의 저택을 방문하고 빠져나오다가 그만 화들짝 놀라고 말았다.

　"이게 뉘신가? 선전관 아니시오?"

　하필이면 이러한 때 영상인 유성룡과 마주하게 될 것이라고는 상상도 못 했던 조영이었다. 영상은 매우 재미난 일을 꾸미는 악동처럼 유쾌한 표정을 지었다. 실상 그는 김충선으로부터 조영에 대해서 소상한 내용을 보고받고 한달음에 달려온 것이다.

　"마침 잘 만났소. 내가 지금 청계천 수표교에서 중요한 분을 뵙기로 하였소이다. 내금위의 선전관에게는 반드시 알아 두시면 요긴한 분이시오."

선전관 조영으로서는 절대 회피할 수 없는 신분의 영상 대감유성룡의 은근한 어조였다. 거절이라고 하는 것은 상상도 할 수없는 노릇이었다.

"넷…? 어떤 분이신지요……?"

"만나보면 알 수 있을 테니 나를 따르시오."

조영은 병조판서 이항복이 아니라면 그 누구를 만나더라도 사실 상관없었다. 기왕이면 기분 좋게 만나리라 마음을 바꾸었다. 그래서 그는 봄비를 안내 삼아 콧노래까지 부르면서 유성룡의 뒤를 따라왔다. 청계천 변에 이르자 유성룡은 감회가 새로웠다.

"지옥이였지."

불쑥 서애 대감의 입에서 엉뚱한 말이 튀어나왔다.

"무슨 말씀이신지?"

"여기 봄꽃이 저마다 향기와 자태를 뽐내고 있으나 그 임진 다음 해 계사년 봄은 통곡화만 만발해 있었다네. 목불인견目不忍見의 참상이 따로 없었어."

선전관 조영도 눈살을 찌푸렸다. 수표교 아래 장작개비가 되어 나뒹굴던 앙상한 시신들을 그도 목격했었다. 왜적의 총과 칼에 토막 나고, 식량난으로 굶주려 피골이 상접하던 시신들을 태우는 연기가 장안을 진동했었다. 그 뼈와 살이 타는 냄새는 사흘밤낮을 토해도 모자랄 정도로 역겨웠다. 소름이 끼치는 참상의현장이었다.

"기억하고 있습니다…. 대감!"

유성룡의 표정이 어두워졌다.

"왜적이 다시 재침략을 해온다면 그때의 지옥보다 더 처절한 지옥이 도래할 것이니 참으로 근심이 아닐 수 없네."

"우리에게는 그때와 달리 천병이 있지 않습니까? 10만에 달하는 명군이 참전하고 있으니 심려하지 마십시오."

이때 수표교에서 봄의 낭만을 즐기고 있던 어떤 사내가 갑자기 불쑥 끼어들며 낭랑하게 목소리를 꺼내었다.

"10만이 아니라 100만이라 하더라도 걱정이 태산이외다. 조선의 전쟁에 명군의 역할이라는 것은 기대하기 어렵소이다."

사내는 수려한 용모에 담대함이 엿보이는 젊은이였다. 불청객의 등장에 조영은 내심 불쾌한 기분이 들었으나 동행하는 이가 어디 보통 신분인가? 영의정 앞이라 노기를 은근히 참으면서 눈에 힘을 주었다.

"감히 어느 안전이라고 끼어드는 것이냐? 무례하기 짝이 없구나."

조영은 제법 호통을 치며 품위 있게 나무랐다. 사내는 별로 당황해 하는 기색이 없이 성큼 가까이 다가왔다.

"예의를 차릴만한 사람에게는 반드시 예의를 차린답니다."

"무엇이라고?"

선전관 조영이 날카롭게 반문하려는 순간에 사내의 오른손이 부챗살 마냥 펼쳐지며 뻗어왔다. 아주 빠르지도 느리지도 않는 완만한 속도라고 느껴졌다. 화들짝 놀라며 피하려고 얼굴을 돌릴 때 사내의 왼손이 어느 틈에 갈고리 마냥 조영의 손목을 움켜쥐었다.

"헙!"

비명도 크게 토하지 못했다. 미증유의 힘이 가해지자 조영은 사내의 손놀림에 따라 크게 휘청거렸다. 이어서 목 뒤가 뜨끔거리더니 그것으로 끝이었다.

* * *

"눈을 떠라!"

선전관 조영은 무거운 눈꺼풀을 간신히 밀어 올렸다. 앞이 캄캄하였다. 두 눈은 검은 천으로 가려져 있었고 어딘가에 단단히 묶여 있는 상태였다. 전신이 나른하여 손가락 마디를 움직이기도 싫었다. 여기가 어디인가? 분명 영의정과 더불어 청계천 수표교위를 거닐었었다. 그래. 건방진 젊은 사내를 만났었고 그가 손을 펼쳐왔다. 기억은 거기까지였다.

"날 아는가? 내게 무슨 짓을 하였는가?"

선전관 조영은 다소 두려운 목소리로 주변을 향해 물었다. 정면으로부터 냉랭한 음성이 흘러나왔다.

"먼저 그대에게 가해질 고문에 관해서 잠시 소개하지. 방금 전에 이곳으로 옮겨질 때를 기억하지 못했을 거야. 자네의 혈도를 제압한 곳은 목에 있는 천주라고 하여 잠시 몸을 마비시키거나 혼절하게 만든다. 그 강약의 정도에 따라서 물론 생명을 잃을 수도 있는 부위고. 내가 지금 관심을 갖는 곳은 그대의 하음下陰에 해당하는 혈과 간과 배꼽 사이에 있는 혈도 제문臍門, 그리고 신경의 중추라 할 수 있는 척추의 척심脊心, 늑골의 말단에 붙어서 인체를 무력하게 만드는 소요笑腰와 뇌신경과 밀접한 아문啞門을 차례로 제압하고자 한다. 그리되면 그대는 참으로 즐거운 인생을 살게 될 것이야."

조영은 공포감이 엄습했다. 상대는 위협만 했을 뿐인데 벌써 사지가 부들부들 떨려왔다.

"무… 슨 소리냐? 내게 왜 이러는 것이냐? 넌 누구냐?"

"아직 즐거운 인생에 대해서는 설명하지 않았어. 자네는 제일 먼저 말을 하지 못할 거야. 의사 표현을 하고 싶으나 턱뼈와 혀가 마음대로 움직이지 못해 침만 질질 흘리게 되는 것이고… 짐승처럼 컹컹거릴 것이지. 신경의 마비와 이상으로 평생 일어서지 못하는 앉은뱅이가 되어야 하고, 회음의 혈도가 파괴됨에 따라서 생식기로부터 끊임없이 고름이 줄줄 흘러내린다. 그때마다 반복적인 경련이 엄습하지. 물론 쾌감인지 고통인지 알 수 없는 증세와 더불어서."

듣기만 하여도 오싹 소름이 끼쳐왔다. 그것은 차라리 죽음보다 더한 고문의 방법이었다. 살아있는 사람을 불구不具 중에서도 생병신生病身으로 만들어 놓겠다는 것이 아닌가. 선전관 조영은 목소리가 기어 들어갔다.

"이보시오. 제발… 살려주시오!"

"한 가지 빼 먹었군. 이 고문을 당하게 되면 스스로 죽기를 희망해도 그럴 수 없다는 단점이 있지. 신경의 마비로 사지가 흐느적거려서 말이다."

"그만! 그… 만 하시오. 원하는 게 대체 뭐요?"

사내는 짧게 대꾸했다.

"없어."

선전관 조영은 차라리 빨리 죽고 싶은 생각이 들 정도였다.

"그럼 부디 죽여 주시오."

"그럴 것이었다면 내 힘들여 고문 방법을 무엇 때문에 그대에게 설명 했겠나."

조영은 이제 제 정신이 아니었다. 거품을 물면서 하소연 했다.

"도대체 내가 무슨 이유로 이런 고문을 당해야 한단 말이요? 이보시오…. 제발 원하는 걸 말해 보시오. 이유를 알고 당해도 당해야 할 거 아니겠소!"

사내는 잠시 머뭇거렸다. 생각을 정리하는 듯싶었다. 상대가 혼자라고 생각이 든 조영은 기회를 잃지 않고 매달렸다.

"자비를 베풀어 주시오. 내게… 기회를 달란 말이오. 다 들어 주겠소. 내 목숨도 드릴 것이니 부디 내 몸에 그런 가혹한 짓은 말아 주시오!"

"좋다. 기회를 주마."

선전관 조영은 마른 침을 삼켰다.

"감사합니다."

그러나 여전히 살벌한 목소리가 튀어 나왔다.

"통제사에게 받은 장계를 어떻게 처리 했는가?"

이것이었던가? 조영은 숨을 들이켰다. 호랑이에게 물려가도 정신만 차리면 살 수 있다고 자신을 위안했다. 분명 이순신과 연관이 있는 작자라고 생각하자 오기傲氣가 발동했다. 수표교에서 기습을 가했던 사내의 얼굴을 떠올리려고 애썼지만 가물거렸다. 조영은 차츰 분위기에 적응하고 있었다.

"나라의 녹을 먹는 관리를 이리 대하다니! 크게 후회할 것이다."

국청에서 오리발을 내밀던 선전관 조영이었다. 순순히 입을 벌릴 생각은 애초부터 없었다. 이제는 처음의 두려움도 약간 가신 듯 목소리에 힘까지 실었다.

"통제사와 관련된 사안이라면 의금부로 가자! 거기서 사내답게 털어놓자!"

어디선가 불쑥 손이 튀어 나왔다. 갓을 통째로 찌그러뜨리며 조영의 상투를 움켜쥐었다. 결박당해 있는 조영이 할 수 있는 반항이라고는 소리를 내는 것뿐이었다.

"이… 노… 컥!"

화끈한 통증이 목 부위에서 시작되었다. 상대는 한 손으로는 상투를 틀어잡고 다른 손으로는 턱 아래 관절을 지그시 눌러왔다. 상상하기 어려운 고통으로 붕어처럼 입만 벌리고 비명은 지르지 못했다.

"끄끄……"

"경고는 더 이상 없다. 난 타협을 바라지도 않는다. 그냥 널 원래의 생각대로 처리하마!"

그는 지옥의 염라사자처럼 내뱉었다. 뼛속까지 시려오는, 감정이라고는 전혀 느껴지지 않는 목소리에 조영은 더 이상 허세가 통하지 않을 것이란 판단을 내렸다. 그는 다시 살기 위해서 발버둥 쳤다.

"꺼… 제… 발……"

선전관 조영은 고개를 위아래로 심하게 끄덕였다. 말을 내뱉을 수가 없기에 마지막 몸부림을 치는 것이다. 이번 기회를 놓치면 그는 평생을 앉은뱅이로 살아야 한다. 끔찍한 몰골로 살기를 원하지 않지만 죽을 수도 없다. 그는 사력을 다하여 몸으로 표현했다. 상대가 원하는 것을 실토하겠노라고! 마구 몸부림쳤다. 그러자 사내가 상투를 놓아주고 하관의 혈도도 풀어주었다.

"끄끄……"

조영은 그래도 말을 할 수가 없었다.

"고개로 대답한다. 그대는 병신년, 이순신의 장계를 받아왔지!"

선전관 조영은 더 이상 버틸 수 없음을 알고 있다. 그는 고개를 끄덕여 인정했다. 그러자 다소의 거리 저편에서 약간의 동요가 일어났다. 조영이 눈치채지 못할 정도의 아주 미세한 반응이었다. 탄식이 흐르고 그들 사이에 눈빛이 오고 갔다. 영의정 유성룡을 비롯하여 도원수 권율과 홍의장군 곽재우, 장예지. 그리고 맨 마지막에는 이달 초 병조판서에 오른 오성 대감 이항복이 긴장한 모습으로 사내 김충선과 선전관 조영 사이에 일어난 일을 지켜보고 있었다.

"그 장계는 수순에 의해서 물론 예조로 넘어갔을 테지?"

조영은 다시 고개를 끄덕여 확인했다. 사야가는 다음 질문을 던졌다.

"도승지는 모른다 하였다. 그대는 장계의 행방을 아는가?"

조영은 고개를 좌우로 흔들었다. 자신도 모른다는 것을 표현했다. 사야가는 집요했다.

"예조에서 그럼 도승지에게 보고하지 않았다는 말이로군. 그대도 그리 생각 하는가?"

선전관 조영은 부정했다.

"도승지가 모를 리가 없다는 이야기로군."

조영은 대답하고 싶었다. 목소리가 겨우 갈라져서 가느다랗게 흘렀다.

"그… 으… 렇… 소"

사야가는 조영의 턱을 다시 어루만졌다. 양손으로 목 주변을 비벼주고 물도 마시게 했다. 통증과 압박으로 시달리던 목이 한결 시원해졌다. 조영은 술술 털어 놓았다.

"도승지는 분명 알고 있소. 내게 장계의 날짜를 변경하라고 지시 했거늘."

서애 유성룡과 권율, 오성 대감과 곽재우 등이 숨도 멈추고 긴장감을 유지하며 듣고 있었다.

"도승지 오억령이 장계를 올린 날짜를 변조하라 했다고?"

"그렇소."

"어째서 그랬나?"

"자세히는 알 수 없으나… 아니 그건 아마도 어명이 아니었겠소? 전하의 명이 없었다면 도승지가 구태여 그런 짓을 할 리는 없을 테니까."

선전관 조영은 이제 포기하고 있었다. 그는 진상을 그대로 고백하고 있었다.

"날짜를 바꾼 연유가 무엇인가?"

"전하의 뜻을 어찌 알겠소만, 그건 통제사를 징계하기 위한 수순이 아니겠소이까. 이순신은 방자하였소. 임금님에게!"

김충선은 평소와 전혀 다른 모습을 보이고 있었다. 그는 야차의 심장을 지니고 있는 고문관이었다.

"그래서 왕이 통제사를 제거하기 위한 수단으로 그대가 올린 장계의 날짜를 위조하였군."

"짐작하건데……"

"장계의 내용은 통제사가 증언한 그대로이겠지. 일본의 도발이 예상되니 함대를 부산으로 이동시켜 대비하자는 것이었지. 내 말이 틀리나?"

"바로 그런 내용의 서장이였소."

"왕이 그걸 폐기 시켰는가?"

선전관 조영은 그 사실만은 알 수가 없는 듯하였다.

"거기까지는 모르오."

김충선은 고개를 갸웃거렸다.

"이상하지 않는가? 어차피 장계를 폐기할 작정이었다면 구태여 날짜를 변조할 필요가 있었을까?"

조영은 수긍하였다.

"듣고 보니 그렇구려."

이제 사야가 김충선의 시선이 영의정을 비롯한 조선의 요인要
人들에게 향했다. 다들 들었소? 모두 보았소? 이것이 바로 조선
의 왕 선조의 추악한 음모요! 사야가 김충선의 목소리가 분노로
인해서 갈라 졌다.

"만일 통제사의 요청이 이루어졌다면 왜장 가토와 그의 군사
들을 바다 위에서 몰살 시킬 수 있는 기회가 됐을 것이요! 이순
신의 함대는 조선의 바다를 완벽히 장악할 수 있었소! 조선의 왕
선조가 그 장계를 무시하는 바람에 결국 가토의 군대가 무사히
상륙할 수 있었거늘, 왕은 오히려 그 이후에 어명을 거역했다고
통제사를 실각시키고 추국하다니! 이건 용서할 수 없는 비열한
누명이요! 통제사 이순신 장군은 억울하오!"

진상이 드러나고 있었다. 그들의 측면에서 조용히 숨죽이고
있던 조선의 충신들은 할 말을 잊고 있을 뿐이다. 절대 믿고 싶
지 않았으나 또한 믿지 않을 수 없었다. 그들은 이해할 수 없는
임금의 행동에 당혹스러웠으나 추측은 가능하였다.

'왕은 통제사 이순신을 두려워한다!'

조선의 운명을 결정지을 그들이 임금의 행위에 실망을 금치
못하고 있을 때 통제사 이순신은 통제영에서 거행하던 망궐례
를 수옥 내에서 올리고 있었다. 그는 성심을 다하여 정릉동행궁
이 있는 방향으로 무릎을 꿇고 절을 올린다.

"신 이순신은 불충하여 영어의 몸이 되었기에 감히 매월 초하

루와 보름에 거행하던 망궐례를 그만 죄인의 몸으로 늦게나마 홀로 조촐하게 올리옵니다. 상감마마와 중전마마의 만수무강을 축원하옵니다."

22장

×

장계의
비밀

오호! 통제라.

잠결에도 꿈결에도 안타깝도다.

나의 장계는 어디로 갔는가?

하늘을 우러러 부끄러움 없는 시간이 흐른다.

그날의 결단이 새삼 애달프다.

죄인罪人으로 남아있는 처량한 몰골.

혼魂으로 남더라도 남해 바다 수호하리다.

-이순신의 심중일기1597년 청유년 3월 18일 무신-

"악!"

선전관 조영은 소스라쳐 놀라 비명을 내질렀다. 악몽을 꾸었다. 전신에 땀이 비 오듯 흘렀고 몸은 불덩이처럼 뜨거웠다. 꿈속에서 징그러운 벌레들이 자신의 몸뚱이를 사각사각 갉아 먹었다. 앙상한 잎사귀 마냥 피부가 사라지고 뼈와 혈관이 드러났다.

"영감, 대관절 무슨 일이요?"

조영은 놀란 토끼 눈이 되어 보고 있는 부인에게 되물었다.

"여기가 어디요?"

"집이지 어딥니까. 인사불성이 되셨어요. 그리 취하시다니…영감답지 않으셨어요."

"나 좀 일으켜 주오."

부인의 부축을 받으며 몸을 일으키던 조영은 간밤의 봉변을 생각하면서 몸서리를 쳤다. 두 번 다시 경험하고 싶지 않은 살벌한 일이었다. 특히 그 사내의 마지막 비장한 어조는 아직도 뇌리에서 떠나지 않고 있었다.

"장계의 행방을 알아내시오. 수단과 방법을 가리지 말아야 할 것이외다. 시간은 이틀을 주겠소. 그때까지 찾아내지 못하면 당신은 애초에 경고했던 그대로 처참한 불구로 평생을 살아가야 할 것이요. 내가 이제 혈도를 짚을 것이요. 이틀 내로 해혈 시켜주지 않게 되면 당신은 죽을 수도 살 수도 없는 살아있는 송장이 될 것이요. 그 증거로 몇 군데 혈도에서는 점점 더 통증을 느끼게 될 것이요."

말이 끝남과 동시에 조영은 목과 옆구리가 뜨끔거리며 정신을 잃고 말았다. 그 사내가 내 몸에 무슨 짓을 한 것인가?

'그 자의 말이 정녕 사실인가?'

조영이 몸을 일으키자 늑골 부위와 목 등에서 은은한 통증이 느껴졌다. 기를 연마한 무술의 대가들이 간혹 혈도를 제압하여 상대방의 몸을 마비시키거나 혼절 시킨다는 소문은 들어봤다.

'내가 그런 무서운 자를 만났었다.'

눈앞이 캄캄하였다. 침을 질질 흘리고 바닥을 기어다니는 평생 불구자의 몰골이 된다면 살아야 할 이유가 없는 것이다. 게다가 그 사내가 은근히 던져오던 유혹의 말투는 평범하지 않았다.

"선전관이라면 그래도 나라의 정세는 어느 정도 판단할 터이니 말해주리다. 만일 통제사 이순신 장군이 이번 오명을 뒤집어쓰고 병신년의 김덕령 장군 꼴이 된다면 이 나라 남해 바다는 희망이 없는 것이요. 그리되면 호남은 꼼짝없이 정복당하게 되고, 호남이 끝장나면 경상 충청에 이어 조선도 자연 멸망하게 되는 것이니 반드시 통제사를 구원해야만 하오. 당신이 장계를 찾는 다면 그건 조선을 구하는 일이기도 하오.”

조영의 부인은 부들부들 떨며 뭔가 골똘히 생각에 잠겨 있는 남편을 보면서 혀를 찼다.

“간밤에 술이 얼마나 과하셨으면 아직도 몸을 가누지 못합니까.”

“의관을 주시오.”

“아니, 이런 몸으로 어쩌시려고요.”

“죽어도 가야하오.”

“어딜 가신다고 이리 성화이십니까.”

“도승지 영감을 만나야겠소.”

* * *

“이 사람아, 절대 함구하고 있으라 했거늘 그게 무슨 소린가?”

도승지 오억령은 몹시 놀라고 흥분하며 다그쳤다. 조영은 몸의 군데군데에서 발생하는 은은한 통증에 얼굴을 일그러뜨렸다.

“시각이 여삼추요. 도승지 영감, 지난해 올라 온 장계의 행방이 어찌 된 겁니까? 헌부에서도 통제사 장계의 일자 변조를 문제 삼았던 적이 있으니 이건 아무리 숨기고 감추려 해도 드러나게 되어있지 않습니까? 주상의 명일지라도 이제는 밝혀야 합니다.”

도승지는 입안이 바싹 타들어 갔다. 선전관 조영이 토설하게 되면 이순신의 장계 사건은 일파만파의 후폭풍이 예상되는 것이다.

"이럴 게 아니라 좌상 대감을 모시고 이야기를 나누세."

조영은 고개를 좌우로 흔들었다.

"국청에서 이미 기선을 제압당하여 곤경에 처해 있소이다. 통제사를 추국하기 위해서는 장계의 유무가 매우 중요란 관건이 되었지요. 소신은 부정하였으나 이미 그 내용을 알고 있는 곳이 헌부와 예조이니 아무리 단속을 한다 해도 끝내는 발설되지 않겠소이까?"

"상감마마의 지엄한 분부를 신하 된 자들이 어찌 망령되게 불복할 수 있겠는가? 그들은 절대 함구할 것일세."

"도승지 영감! 자신하시오?"

도승지 오억령은 평소의 조영과는 매우 다른 조영이 목전에 서 있음을 새삼 느끼지 않을 수 없었다. 이 정도 표시를 했으면 감읍하고 물러나야 정상이었다.

"자네, 어디 불편하신가?"

"매우 그러하오."

"그렇다고 이리 무모한 행위를 하여서는 아니 되는 일일세. 어심御心을 살펴셔야지."

"애초에는 그럴 생각이었소이다. 군왕의 뜻을 신하 된 도리로 받들었지요. 그러기에 도승지 영감의 지시대로 통제사의 장계에 손을 쓴 것이 아니었겠소이까."

오억령은 부아가 치밀어 올랐다. 어린아이도 아닐 진데 이놈이 계속 물고 늘어지는 연유가 어디 있는가?

"입을 단속해야 할 걸세."

"이것이 소신만 조심한다고 될 일이 아니외다. 헌부와 예조에
도⋯⋯"

도승지는 서둘러 말을 끊었다.

"어허, 이미 오래전에 마무리된 사안일세. 자네만 침묵하면 되
는 것이야. 알겠나?"

그래도 끈덕지게 조영은 도승지를 물고 늘어졌다.

"송구하오만 병조의 이 대감이 장계의 행방을 추적하고 있으
며 소신을 보자고 하시었소이다. 이건 무엇을 뜻하는 것인지 모
르시옵니까? 장계의 존재 여부에 대한 확신을 갖고 있다는 것이
옵니다."

도승지의 안면이 보기 흉할 정도로 딱딱하게 경직되었다.

"이보게, 설사 이순신의 장계가 존재 한다고 해도 국문이 달라
지지는 않을 것일세. 그가 저지른 죄가 어디 한 두 가지인가?"

선전관 조영은 저미듯 찾아오는 통증에 이를 악물었다. 간헐
적인 고통이 공포감을 상기시켜 주고 있었다.

"그리 자신이 있다면서 어찌 장계를 숨긴단 말입니까? 행방을
말씀해 주소서!"

"무모한 사람 같으니라고. 알게 되면 더 위험해 진다는 사실을
모르는가?"

"사실 추호도 알고 싶지 않으나⋯ 내가 모를 경우 아주 비참한
상황이 발생하기 때문이외다. 어디에 있소?"

"난 모르네."

"그럼 당장 물러나서 병판 대감을 만나겠소. 속 시원하게 장계에 대한 설명을 할 것이요."

"자네… 제정신인가?"

"날 지키려면 장계의 안전성이 담보되어야 하외다."

막무가내의 조영을 상대하며 도승지는 진땀을 흘렸다. 하여간 일단은 입을 막고 볼 일이었다.

"장계는 동궁의 세자에게 보내졌다네."

"동궁의 세자에게로?"

"정월이였지. 임금의 지시로 각사와 각 도의 장계를 재결하기 위해 동궁으로 보내졌으나 세자께옵서 차자箚子로 진정하시어 다시 돌아온 적이 있었네. 그때 다른 장계들은 되돌아 왔으나 통제사의 장계는 돌아오지 않았네."

조영의 입이 떡 벌어졌다. 이건 전혀 의외의 상황이었다. 이순신의 장계가 동궁의 세자에게 있다는 것이 아닌가? 하여간 선전관 조영은 안도의 숨을 몰아쉬었다.

'이제 보기 흉한 꼴은 면하게 생겼구나.'

* * *

"동궁에 세자가 숨기고 있다는 것인가?"

"광해군…. 세자 저하께옵서?"

김충선의 설명을 듣고 영상의 정원에 머물러 있던 일행들은 저마다 탄성을 토해냈다. 광해군은 전란의 시기에 매우 활동적으로 종묘사직을 위하여 최선을 다한 왕자 중 한 명이었다.

"으음, 어째서 통제사의 장계만을 넘겨주시지 않은 것일까요?"

고개를 갸웃거리는 홍의장군 곽재우를 넌지시 바라다보며 영의정 유성룡이 입술을 떼었다.

"설명이 될는지는 알 수 없으나 세 가지 연유 중 하나가 아니겠소."

도원수 권율이 궁금증을 참지 못하고 재촉했다.

"영상의 혜안을 평소 존경해 마지않았소. 금일 안목을 높일 수 있는 기회가 왔구려."

"이는 교객嬌客도 짐작할 수 있는 일이니 그리 대단하다고는 할 수 없소이다."

권율의 사위인 병조판서 이항복이 좌중을 둘러보면서 영의정 유성룡이 했던 말을 극구 사양했다.

"감히 짐작이란 말을 받아 드릴 수는 없사옵니다. 경청할 따름이오니 영상께서는 지도하여 주십시오."

"이것은 그리 어려운 이유가 아니나 그 뒤가 훨씬 더 복잡하외다. 우선 왕명에 의한 행동일 수 있을 것이고, 다른 하나는 세자 저하의 의지일 수도 있을 것이며, 마지막 하나는 실수로 누락된 것이 아닐까 추측할 수도 있소이다."

"상감께서 동궁의 세자에게 장계를 맡기셨다는 건 쉽게 납득이 되지 않소이다."

"그럼 세자의 의지에 따라서 장계를 보관했다는 것은 이해가 되오?"

"그것도…… 뭔가 확연하지 않소이다."

"각 도의 장계 중에서 통제사의 것만 돌려보내지 않은 것이 실수였다면 그 또한 다시 보낼 수 있는 것이 아니었겠소?"

유성룡은 주위를 둘러보면서 조심스럽게 입술을 떼었다.

"세자 광해군光海君은 비록 세자로 책봉되었다고는 하지만 항상 불안해하고 계시오. 아시다시피 당시에는 정상적인 시기가 아니라 임진년 피난처에서 서둘러 거행한 것이요."

광해군은 선조와 공빈김씨恭嬪金氏 소생으로 둘째 아들이었다. 장자인 임해군도 있었으나 세자는 광해군으로 정해졌다. 광해군은 총기聰氣가 남다르고 용기도 출중하여 왜란 기간 내에 많은 활동을 하였다. 특히 그는 김덕령과의 인연이 있으며 세자가 직접 익호장군이란 칭호를 내려줬었다.

"세자 저하는 상감마마를 두려워하고 있소."

아들이 아버지를 두려워하는 연유가 어디에 있는가? 각자의 안면에 심각한 기류가 형성되었다. 유성룡의 입에서 광해군의 호칭이 나오자 장예지의 표정도 금방 어두워졌다. 김충선은 그녀의 변화를 놓치지 않고 주의 깊게 살폈다. 그녀는 불안감으로 떨고 있었다. 김충선은 이상한 기미를 느끼고 그녀 곁으로 바싹 다가섰다.

"스승님!"

장예지는 확실히 평소와 달랐다. 그 이유를 듣고 싶었으나 오성 대감 이항복의 목소리가 먼저 울렸다.

"세자 저하가 혹시 통제사의 장계를 숨기고 계신 의도가…?"

서애 유성룡이 침통한 기색을 감추지 못했다. 조선의 14대 왕 선조와 세자 광해군 사이의 뿌리 깊은 갈등을 쉽사리 공개할 수가 없는 것이다.

"그럴 가능성을 배제할 수 없는 것이요."

도원수 권율 장군은 답답한 듯 목소리가 높아졌다. 그는 무인답게 호방함을 그대로 드러냈다.

"어려운 이야기를 돌려 말하지 말고, 그냥 확 공개하십시오. 대관절 성상과 세자 사이에 어떤 심각한 문제가 있다는 겁니까? 동궁전에서 통제사의 장계를 감추고 있는 의도가 뭐요?"

전원의 시선이 서애 유성룡과 오성 이항복에게 쏠렸다. 그들은 조선 최고의 재상으로 손색이 없는 인물들이었다. 젊은 이항복이 빙장에게 시선을 고정시키며 아뢴다.

"지난 3년 전, 갑오년에 명국에 조선의 세자 책봉을 주청하였으나 장자인 임해군臨海君이 있음을 이유로 거절당하였다는 것은 모두 알고 계시지요?"

곽재우가 오랜만에 응대했다.

"그런 소식은 들었소이다. 조선이 언제까지 그들 명나라의 눈치를 보고, 허락을 구해야 하는지 참으로 못마땅하오!"

이항복은 호흡을 가다듬었다.

"곽 장군의 말씀에 동감이외다. 그러나 사대事大의 힘이 조선 구석구석 미치고 있으니 정녕 안타까울 뿐이요. 하여간 그 일로 인하여 상감의 의중에 변화가 생기셨을 수가 있소이다."

사야가 김충선이 날카롭게 따져 물었다.

"세자 저하를 폐위라도 시킨다는 겁니까?"

누구도 감히 입에 올리지 못하는 소리를 그가 꺼내었다. 하지만 그걸 누구도 나무라지는 못한다. 그들 역시 짐작하고 있는 일인 것이다. 선조와 광해군의 불화는 그것 외에는 있을 수가 없다. 장예지가 홀연 입을 열었다.

"익호장군 김덕령님이 고문을 당하여 끝내 죽게 된 것은 바로 상감마마와 동궁전 세자 저하의 골육상쟁骨肉相爭 때문이었어요!"

실로 충격적인 증언證言이 터져 나왔다. 장예지는 끝내 숨겨오고, 가슴에 담아 두었던 핏덩어리를 토해내고는 파르르 경련했다. 그녀의 눈에서 또 다시 눈물이 철철 넘쳐흘렀다. 가는 어깨가 더욱 쳐지고 맥없이 몸이 무너졌다. 감당하기 어려운 애사哀史를 지녔던 장예지를 사야가 김충선이 부축했다.

"그렇구나. 덕령 형은 세자 저하에 대한 충성심으로 감옥을 다시 찾아갔고, 왕은 세자에게 충성스러운 신하가 두려웠던 것이었어."

홍의장군 곽재우는 눈으로 보고, 귀로 듣고도 실상 믿어지가 않았다. 그는 탄식했다.

"어찌 이럴 수가 있단 말인가?"

도원수 권율의 수염이 부르르 떨렸다.

"익호장군 김덕령이 정녕 그리 원통하게 눈을 감았단 말인가?"

장예지는 그 날을 기억하기 싫었지만 당대의 중신들이 한꺼번에 모인 중요한 자리인지라 입술을 떼었다.

"세자 저하께서 친히 장군을 부르셨습니다. 알고계시지만 익호장군이란 호칭도 직접 하사하셨고…… 세자를 위한 장군이 되주실 것을 당부 하셨습니다. 장군은 기꺼이 충성을 맹세하셨지요. 장차 세자께서 보위에 오르시면 장군을 가장 신임하고 중용하시겠다고 약속하셨습니다."

오성 대감 이항복이 기억을 더듬었다.

"당시 상감으로부터는 김덕령 장군에게 초승장군超乘將軍의 군호가 내려지지 않았소?"

장예지가 크게 고개를 끄덕였다.

"맞습니다. 그러한 일이 있었지만 오히려 그 역시 김 장군을 희생시키기 위한 올가미였지요. 세자 저하의 가장 신임하는 장수란 것을 아셨기에 주저하지 않고 살해한 것입니다. 세자 저하와의 갈등을 정면으로 표출시킨 것이지요."

장예지는 내심 숨기고 있던 선조의 만행을 전면으로 고발하며 분노를 드러냈다. 실로 놀라운 일이었다. 그들은 전원 왕 선조의 처사에 의분義憤을 느낄 수밖에 없었다. 그럼에도 불구하고 서애 유성룡은 심기를 굳건히 다졌다. 절대 쉽게 동요하는 모습을 보이지 않았다.

"도원수가 이리 한성에 오래 머무르시면 아니 되오!"

도원수 권율이 이마를 짚었다.

"그렇소이다. 난 일단 중임을 맡은 장수이니 한시도 도원수 병영兵營을 비워둘 수는 없는 형편이요. 명과 왜의 협정이 불안한 시기이니만큼 돌아가지 않을 수 없소이다. 그러나 지금 이대로 어찌 안심하고 물러갈 수 있단 말이요?"

사야가 김충선도 황망히 제지했다. 도원수를 이 자리에 모시기까지 얼마나 고심을 했던가? 그로부터 확답을 듣지 않고 이리 보낸다면 그건 낭패였다.

"도원수의 약조를 믿고 있습니다."

권율의 부리부리한 눈이 사야가 김충선을 직시했다.

"그건 잊지 않고 있다! 통제사의 신상에 변고가 생긴다면 우리 조선은 희망이 없음을 누구보다도 잘 알고 있다. 물론 명나라 군사들이 대거 배치되어 있긴 하다만, 그들의 도움을 받으면 받을수록 결국 조선은 빚만 늘어가는 것임을 왜 모르겠는가?"

바로 이것이었다. 영의정 유성룡과 도원수 권율과 같은 현자들이 진정 우려하는 것은 조선 스스로의 자주방위自主防衛가 되지 못한다면 사대事大 명국의 지배력에 신음하는 약소국가를 벗어나지 못한다는 점이었다. 그들은 그래서 통제사 이순신이 절실했다. 권율은 재차 무겁게 입을 열었다.

"원균과 이억기 장군으로 남해 바다를 수호하지 못함은 이미 우리가 임진, 계사년에 경험한 바이다. 통제사 이순신의 영향력이 전 수군의 사기士氣에 절대적인 것이니, 어떤 수단과 방법을 동원해서라도 그를 구원해야 함이야! 내 막중한 몸으로 멀리 한성에 올라온 연유는 바로 그것 하나에 있다!"

노장군의 판단력을 믿어 의심하는 사람들은 없었다. 이항복이 빙장의 위엄을 느끼며 평소와는 다른 진지함을 보였다.

"감춰져 있던 장계가 나온다면 매우 다행스러운 일이 될 것입니다. 그리 되면 통제사를 방면하는 방안이 강구되리라 생각 됩니다."

김충선의 목적은 혁명에 있었다. 그가 진정 원하고 있는 것은 이순신의 나라였다. 김충선의 관심은 장계에 있지 않았다.

"소신의 생각은 다릅니다. 동궁에서 소유하고 있는 장계를 수중에 다시 넣을 수 있는가도 의문이고, 비록 장계가 발견되었다고 해도 통제사 이 장군님의 생사는 장담할 수 없습니다."

서애 유성룡이 도원수를 대신하여 나섰다.

"그것을 수중에 넣게 되면 상감마마와 담판이 가능해 질 걸세. 그건 내가 장담하지."

이번에는 오성 대감 이항복이 전면으로 나서며 김충선의 불안감을 해소 시켜주었다.

"세자 저하를 설득하는 것은 어렵지 않을 거요. 그것은 예지 낭자가 충분히 해낼 수 있을 것으로 보여 지오."

사야가 김충선이 반대했다.

"예지 아씨를 위험에 노출시킬 수 없습니다. 내가 동궁전으로 잠입할 것입니다."

홍의장군 곽재우가 만류했다.

"충선! 그건 좋은 방법이 아닌 거 같군. 오성 대감의 뜻에 따르시게."

장예지도 마음이 진정된 듯 오히려 김충선에게 안도감을 주었다.

"세자 저하를 뵙도록 하겠습니다. 안심하세요. 장계가 존재한다면 제가 반드시 찾아오겠습니다."

그녀는 김충선이 무엇을 원하고 있는지 알고 있었다. 그가 원하는 것은 장계가 아니다! 하지만 그녀의 생각은 달랐다. 장예지는 스승 김충선이 선택하고자 하는 위험을 가로막고 싶었다. 역모라는 단어를 지우고 싶었다. 그러하기에 이순신의 장계를 본인이 찾고자 나선 것이다. 사야가 김충선은 그런 장예지의 내심을 간파한 듯 말했다.

"나와 함께 갑시다."

서애 유성룡이 신중한 기색으로 부탁했다.

"통제사를 구할 수 있는 장계를 확보하는 일이니 부디 만전을 기울여 주게나."

"여부가 있겠습니까!"

* * *

사야가 김충선이 선뜻 앞장서서 걷기 시작했다. 그 뒤를 장예지가 머뭇거리다가 따랐다. 그와 더불어 행동하는 것이 어떤 결과를 가져올지 예측하기 어렵기 때문이었다. 사야가는 동궁의 세자를 향해가며 내심 중얼거렸다.

'만일 장계를 구하지 못하면, 그래서 통제사 이 장군님을 김덕령 형처럼 보내게 된다면 난 결코 조선을 용서하지 않을 것이요!'

장예지는 자신의 책임감이 크게 느껴졌다. 그때 인기척이 일어나며 그들 앞으로 남녀가 걸어왔다. 여인은 요사스럽지 않았으나 사내들이 매력을 느낄만한 요소를 품고 있었다. 사내는 과묵하였고 일신의 살기가 범상치 않았다. 김충선은 그녀를 알고 있었다.

건주여진의 공주 아율미와 그녀의 호위무사.

"아직 조선에 머물고 계시는구려."

아율미는 미묘한 표정으로 장예지를 살펴보았다. 장예지 역시 초면인 상대 여인에게 심상치 않음을 느꼈는지 관심을 보였다. 평소와는 다르게 장예지가 김충선에게 물었다.

"이분들이 뉘 시온지?"

"나는 건주여진 출신입니다. 당신들을 돕기 위해서 머물고 있지요."

장예지의 눈꼬리가 파르르 반응을 일으켰다. 아율미는 교소를 머금었다.

"우연히 만났습니다. 통제사의 구원에 협조해 줄 조력자이시지요."

장예지는 사야가 김충선이 변명을 한다고는 생각지 않았다. 사부 김충선은 그런 부류가 아니었다.

"장예지라고 합니다."

가볍게 묵례했으나 아율미는 그 인사를 무시했다.

"알고 있습니다. 오래 지켜도 봤지요. 김덕령 장군의 정혼녀 아니 십니까?"

아율미는 익호장군과 정혼했던 사이임을 힘주어 강조했다. 그녀에게는 계산이 깔려 있었다. 과연 그녀의 의도는 적중하여 사야가 김충선과 장예지는 그녀의 이목으로부터 자유롭지 못했다. 장예지는 소극적인 사람으로 점점 더 위축되었다. 아율미는 작정을 한 듯 자신감을 내비쳤다.

"도발의 결의가 되었나요?"

김충선은 장예지의 앞에서 어떻게 대답해야 할지 잠시 머뭇거렸다. 김충선은 난감했으나 더 지체하기는 곤란했다.

"통제사가 원하시는 방도를 찾고 있습니다."

일패공주 아율미는 다소 강하게 김충선을 압박했다.

"통제사는 신념이 강한 충성스러운 신하이지요. 절대 조선의 왕에게 반기를 들지 못할 것입니다. 익호장군처럼!"

일패공주 아율미는 마지막 김덕령의 호칭에 힘을 가하면서 장예지를 의식적으로 응시했다. 여기서 놀라운 일이 벌어졌다. 자신의 흔적을 침묵으로 지켜왔던 장예지가 돌연 정색했다.

"그렇지 않습니다."

아율미의 눈빛이 장예지의 얼굴로 향했다.

"낭자의 뜻은 통제사 이순신이 역심을 품을 것이란 말인가요?"

장예지는 물러나지 않았다.

"그렇게는 말하지 않았습니다."

여인들은 첨예하게 대립하였다.

"분명히 나의 판단을 부정하면서 나오셨습니다. 예지 낭자가!"

장예지는 주눅이 들어있던 처음과는 다르게 침착하게 행동했다.

"통제사는 충신이 아니고 성신聖臣입니다. 성신이라 함은 외부의 재앙을 사전에 소멸하고 차단하여 군주의 지위를 항상 영광스럽게 만드는 신하를 말함입니다. 그러한 성신에게는 통찰과 직관이 존재합니다. 통제사는 반드시 작금의 백성들을 위한 선택을 도모하실 것입니다."

23장

×

예지
낭자

두 여인의 방문은 의외이다.

충선이 데리고 왔다.

젊은 그들은 이 나라의 희망이다.

나를 두고 내기를 하다니 실로 당돌하다.

그러나 가소롭지 않다.

나를 자극하는 백성의 소리를 간직하고 있기에.

예지 남자가 원하는 나라가 이순신의 나라.

아름다운 남녀로다

-이순신의 심중일기 1597년 정유년 3월 19일 기유-

장예지의 당돌한 발언은 건주여진의 일패공주 아율미뿐만이 아니고 동행하던 사야가 김충선 역시 놀랄 수밖에 없었다. 장예지의 총명함을 익히 알고 있었으나 그녀는 고요히 자신의 자리에서 머물며 별로 나서는 일이 없었다. 그런데 오늘은 달랐다. 김충선은 신선한 충격을 받으며 장예지에 대한 이끌림의 유혹을 떨쳐 내기가 쉽지 않았다.

　"좋아요, 낭자가 그리 이순신을 자세히 알고 있다면 우리 내기 한 번 할까요?"

　장예지는 오만하게 나오는 일패공주에 대해서 일말의 적개심을 지니고 있었다. 질투라는 표현은 어울리지 않았다.

　"어떤 내기든……!"

　점점 더 난처해지는 것은 사야가 김충선이었다. 세자 광해군과 담판을 지어야 하는 매우 중대한 일정을 눈앞에 두고 엉뚱한 사태가 발생한 것이다. 김충선이 재빨리 사태를 수습하기 위해 그녀들을 가로 막았다.

"우리는 지금 매우 중요한 일을 수행해야 합니다. 잠시 고정들 하시고……"

만류하는 김충선의 소매를 잡아당긴 것은 장예지였다.

"건주위의 지체 높으신 귀인이 내기를 제안하셨습니다. 스승 님은 잠시 물러나 주십시오."

사야가 김충선은 내심 불안하였다. 건주위의 아율미는 비범 한 무예의 소지자가 아니던가. 자칫 아율미의 내기라는 것이 비 무比武를 하자는 것이라면 낭패였다. 아율미가 익살맞은 표정을 지었다.

"흥미롭군요. 역시 장예지 낭자는 그냥 평범하지는 않아. 그래 서 사야가, 김 장군이 그토록 절절하게……"

김충선은 더 이상 듣고 있을 수가 없었다. 혹시나 그녀의 입에 서 자신과 김덕령의 관계에 대한 억측이 새어 나오게 되면 장예 지와의 새로운 갈등이 발생할 수 있지 않을까 하는 우려 때문이 었다.

"잠깐만요, 일패공주!"

사야가 김충선의 입을 통하여 일패공주라는 소리가 흘러나오 자 그때서야 장예지는 건주위의 그녀 신분이 대단하다는 것을 느끼게 되었다. 하지만 장예지는 순순히 물러나지 않았다.

"아, 예상대로 지체 높으신 고귀한 신분이시군요. 그렇다면 내 기라는 것도 매우 품격이 있을 것으로 사료됩니다. 그러한가요?"

장예지는 당돌함을 넘어서서 강한 심성을 드러냈다. 건주위의 공주 아율미는 만면에 미소를 지으면서 손뼉까지 쳤다.

"좋아요, 좋아요…. 생각보다 훨씬 매력이이시군요. 이러니 영웅의 사내들이 낭자에게 깊은 호감을 지니는 가 봅니다."

김충선은 계속 아슬아슬한 심정으로 지켜볼 수밖에 없었다. 장예지는 일패공주의 뼈 있는 언행을 일축했다.

"공주님의 생각은 중요하지 않습니다. 저희는 한시도 치열하지 않은 적이 없습니다. 전쟁의 소용돌이에서 보잘 것 없는 신분의 제가 할 수 있는 일은 극히 한정적이었지요. 아마도 공주님은 다르셨겠지만."

"무슨 소리예요? 나도 조선의 전쟁터에서 먹고, 마시고, 숨 쉬고, 지켜보고 경험했습니다. 나의 제안은 이렇습니다."

일패공주 아율미의 낭랑한 목청이 터졌다. 그녀는 장예지를 외면하고 김충선을 똑바로 마주 보았다. 말의 상대는 장예지였으나 아율미의 시선은 김충선에게 빤히 고정되었다.

"우리는 함께 통제사 이순신을 만납니다. 만일 거기서 통제사가 역성혁명에 동의하지 않는다면 낭자가 지는 겁니다. 물론 응한다면 내가 패배하는 것이고요."

실로 어처구니없는 내기를 건주위의 공주가 꺼내었다. 백성들을 위한 선택을 할 것이라는 장예지의 판단에 대한 도발일 수 있었다.

"그…… 건?"

장예지는 사실 확신을 지니고 있지는 못했다. 이순신은 계속해서 임금에 대한 충성을 되풀이하고 있지 않았던가. 이순신에게는 추호의 역심도 존재하고 있지 않음을 지켜보아 왔다.

"왜? 꼬리를 빼시려고? 남아일언만 중천금이고 여인네의 한 마디는 허언인가?"

"통제사는 백성들을 위한 백성의 장군이시라는 것을 믿어 의심해 본 적이 없습니다."

"그럼, 우리의 내기는 성사되었군요. 패자가 해야 할 일만 정한다면."

"패한 사람은 어떤 선택을 해야 하는 겁니까?"

건주의 공주 아율미의 눈빛이 점차 강렬해졌다. 그것은 사야가 김충선의 얼굴에서 떨어지지 않았다.

"떠나는 겁니다."

장예지는 자신이 혹 잘못 들은 게 아닐까 싶었다.

"떠난다는 것은?"

그때 아율미는 김충선으로부터 등을 돌리면서 장예지에게 향했다. 그녀의 눈빛은 살벌하게 번뜩였다.

"사야가 김충선이란 사내로부터 영영 떠나가야 한다는 겁니다."

"……아!"

장예지는 짧은 탄성을 토해냈다. 왜 그래야 하느냐고 묻지 않았다. 구태여 캐묻지 않아도 장예지는 모든 것을 짐작할 수가 있었다. 장예지는 이미 난처해진 김충선의 얼굴 표정을 읽었다. 장예지는 입술을 꼭 깨물었다. 그리고 한 마디를 씹어 뱉었다.

"우리 가요!"

* * *

이순신은 의외의 방문을 한 일남이녀에 대해서 사뭇 긴장한 표정을 감추지 못했다. 그들의 면회는 쉽지 않을 일이었다. 더구나 일패공주는 두 번째였고 장예지는 처음이었다. 김충선이 소개하기 전에 아율미가 설명했다.

"통제사, 모르시겠습니까? 여기 이 낭자분은 예지 낭자라 합니다. 이렇게 말씀 올리는 것이 더 빠르겠군요. 김덕령 장군의 여인, 약혼녀이시죠. 한때는."

이순신의 노안에 장예지의 반듯한 용모가 그대로 새겨졌다. 동시에 마치 김덕령과 마주하는 듯한 기쁨이 잔잔하게 피어올랐다.

"그러신가? 낭자가 바로 김 장군과 정혼을 한 사이였다고요? 반갑소. 그런데 이런 누추한 곳에서 뵙게 되었구려. 내가 부족해서 이런 몰골이 되었어요. 미안하오."

통제사 이순신은 부드러운 눈길로 장예지를 맞아주었다. 익호장군 김덕령에 대한 연민과 아쉬움이 얼굴에 가득하였다. 장예지는 눈물을 떨어뜨렸다. 애잔한 눈물은 이순신의 폐부로 넘치도록 흘러들었다.

"이것은 아닙니다. 잘못된 처사입니다. 임금님은 장군에게 이렇게 대하셔서는 안 됩니다. 하실 수 없는 일을 자행하고 계십니다. 죄송합니다! 정말 죄송하옵니다."

장예지의 목소리는 심하게 떨렸고 서러움은 뜨거운 눈물이 되어서 볼을 타고 줄줄 흘러내렸다. 그녀는 진심으로 이순신에게 용서를 구하는 모습이었다. 조선의 일개 백성으로 조선의 왕이 저지른 죄를 사죄하는 것이었다. 장예지의 이런 행동은 누구도 예상하지 못한 일이었다. 당사자인 이순신 역시도 크게 당황해하는 빛이 역력했다. 사야가 김충선은 내심 탄복했다.

'역시 예지 낭자로다.'

장예지와의 내기를 제안하고 동행했던 여진족의 아율미는 뒤통수를 호되게 맞았다. 충격적이었다. 설마 장예지가 이렇게 행동하리라고는 꿈에도 생각지 못했다. 비범함을 지니고 있었다는 것을 어렴풋이 눈치채고 있었으나 이 정도일 줄이야.

"낭자가 사과하실 일이 아니외다."

이순신은 눈물범벅으로 통곡하는 장예지가 더없이 안쓰러웠다. 장예지의 오열은 멈추지 않았다.

"이 나라 백성이 되어 통제사에게 받은 은혜가 하늘에 닿고 바다와 같사온데 이 무슨 낭패란 말이옵니까. 용서해 주시옵소서. 우매한 백성을 위하신 결과가 이러하다면 이것은 너무나 억울한 일이옵니다. 그 상심傷心을 어찌 견디신단 말입니까?"

이순신을 통하여 정인 김덕령을 대하는 마음인가? 장예지는 정말 구슬프고 절실하게 눈물 흘렸다. 이순신은 차마 장예지의 눈물을 닦아주지는 못하고 어깨에 손을 얹어 위로했다. 이순신은 마치 딸을 타이르듯 말투가 바뀌었다.

"나는 나를 위해 울지 않는다. 너도 나를 위해 우는 일은 그만 멈추거라."

장예지는 울먹이면서 물었다.

"그럼 누구를 위해 울어야 합니까?"

이순신은 어딘가 모르게 달라져 있었다.

"적어도 우리는 나라와 백성들을 위해 눈물 흘려야 한다. 그것이 의로운 사람들이 해야 할 책무이다."

아율미가 야무지게 발언을 하고 나섰다.

"통제사 영감, 우리가 거금을 탕진하며 이렇게 은밀히 찾아온 까닭은 본 공주가 예지 낭자와 내기를 했기 때문입니다."

이순신은 물론이고 사야가 김충선도 깜짝 놀라고 말았다. 설마 여진 건주위의 공주가 자유로운 언행을 즐기는 남다른 성격이기는 하지만 상대방이 누구인가? 그러나 아율미의 기행은 계속되었다.

"통제사는 구제불능이라고 저는 단언하였으나 낭자는 그래도 영감을 신뢰하고 있더이다."

김충선은 그녀의 직설에 인내하기가 곤란했다.

"일패공주, 말씀이 지나치시오! 장군에게 구제불능이라니요?"

"아니 그럼? 구제가 불능한 어른에게 솔직히 말씀 올리는 것이 잘못이란 말입니까?"

김충선은 기어코 부아가 치밀었다.

"아무리 야만족이기는 하지만 예의범절은 지켜야 하는 것이 아니오?"

일패공주 아율미도 지지 않았다.

"이보시오, 반쪽 조선인! 10여 년간을 겪고도 아직 모르시겠소? 조선이란 나라의 거들먹대는 사대부 목민관들은 어쩜 그리도 하나같이 꼴통이요? 위정자란 작자들이 누구를 위해서 무엇을 해야 하는지 전혀 모르고 있소. 나라의 근간이 무엇이요? 임금이요? 아니면 백성이요? 임금이 있어야 백성이 있는 것이 아니란 말이요. 백성이 존재해야만 나라의 의미가 있는 것이고 임금이 있는 법이요. 그래서 백성이 원하는 것을 하는 것이 맞소!"

장예지의 고은 시선은 이때 이순신에게 머물고 있었다. 이순신은 그들의 다툼을 응시하며 씁쓸한 미소를 머금었다.

"옳거니, 어떤 내기가 형성 되었는지 알겠구나."

아율미가 돌발적으로 이순신에게 고개를 돌렸다.

"정말 아십니까?"

"지난번에 날 찾아왔을 때도 나의 용단을 원하지 않았소? 이번에도 그렇겠지요. 내게 백성들의 편이 되라고! 이순신의 나라를 꿈꾸라는 것 아니요?"

김충선을 비롯한 장예지와 아율미의 시선이 오직 이순신에게 향하였다. 집중된 이목을 이순신은 거부하지 않았다. 김충선은 조심스럽게 말문을 열었다.

"장계의 행방을 알아내는 데 성공했습니다."

"깊이 상념想念 하였다."

그러나 이순신은 사야가의 말을 끝까지 경청하지 않았다. 본인에게 있어서 매우 중요한 물증인 장계에 대해서 놀랍게도 담담했다. 말만 꺼내도 거부하고 외면했던 이순신이 아니었던가? 그동안 변화가 있었다. 몇 차례의 국문 과정을 겪으면서 이순신은 자신의 결백이 입증되리라고 생각했었다. 억울한 누명을 벗어 던지고 남해 바다로 되돌아갈 것으로 믿었다. 하지만 그의 신뢰는 나날이 그의 가슴에서, 손끝에서 흩어져 먼지처럼 사라지고 말았다. 왕에 대한 충정은 새벽 호수가의 바람에 날리는 안개마냥 자꾸 흩어졌다. 통제사 이순신의 이런 마음을 김충선은 누구보다도 빠르게 이해하였다.

"어떤 상념을 그리 깊이 하신 것입니까?"

장예지가 묻자 이순신은 길게 숨을 몰아쉬며 호흡을 가다듬었다.

"스스로에 대해서 숙고하였다. 내가 원하는 것이 무엇인지를 생각하고 또 생각했다. 그래서 깨달은 것이 있었지."

김충선은 숨이 멎는 것만 같았다. 통제사 이순신이 드디어 변신을 시도하고자 하는 것인가? 불의의 조선을 새롭게 건국하자고 개천의 의지를 드러내는가? 그토록 원하던 새 하늘을 열려고 하는 것인가? 건주위의 여진 공주 아율미의 표정이 신중해졌다.

"뭐죠? 이 분위기… 통제사 설마 반역의 역심을 품은 것은 아니죠?"

이순신은 그녀를 응시했다.

"역심이 아니라 민심이 우선이라는 것을 깨달았을 뿐이오."

아율미의 동공이 의외라는 듯이 팽창되었다.

"진심이십니까?"

그녀는 통제사 이순신의 말을 의심하는 눈초리였다. 며칠 전의 방문에서 이순신은 요지부동이었다. 그런데 그 사이에 변심을 일으킬만한 특별한 일이 발생했단 말인가? 이순신은 의미를 알 수 없는 미소를 그들에게 내비쳤다. 이순신은 사야가를 응시하며 한 마디 내뱉었다.

"죽음은 두렵지 않으나 민심은 두렵구나."

사야가 김충선의 양어깨가 부르르 경련을 일으켰다. 이순신이 드디어 백성들의 마음을 읽기 시작한 것이다.

"그러하옵니다. 민심이 천심 아닌지요."

이순신이 왜 그것을 모르겠는가. 참고 견디어 내려고 했던 것이다. 왕에 대한 충성심으로 모든 고난을 극복하고자 했었다. 아율미가 정곡을 찌르며 물었다.

"어째서 마음이 바뀐 겁니까?"

사야가 김충선도 그 점이 궁금했다.

"저들이 모진 고문과 협박을 하였사옵니까?"

이순신은 고개를 가로저었다.

"육체의 고통이나 학대는 날 변화 시키지 못한다."

장예지도 알고 싶었다.

"통제사를 기다리는 남해의 수군 군사와 백성들을 차마 외면하시지 못하신 것이군요."

정답일 수 있었으나 이순신은 다르게 대답했다.

"난 예지 낭자의 선택을 응원하고 싶소."

일패공주의 안색이 급변하는 순간 장예지는 벌어지는 꽃송이처럼 활짝 펴 올랐다. 사야가 김충선은 아율미의 낭패한 얼굴을 애서 외면했다. 설마 이순신이 여인들의 내기에 자신의 의지를 시험하지는 않았으리라. 어쩌면 이순신은 이미 오래 전부터 새 하늘을 열어야 한다는 사야가 김충선의 외침을 담아두고 있었는지도 모른다. 분명 조일인의 청년 사야가의 절규를 마음에 품고 있었을 것이다. 이순신이 민심을 잃었다.

24장

×

어떤 죽음

아프다.

온몸이 뼈마디가 쑤시고 또 쑤신다.

백성에 대한 갈등으로 밤새 뒤척였다.

과거의 기억이 생생한 편린片鱗으로 부유한다.

민심民心이 천심天心이다.

역신의 몸은 고통이지만 승화昇華해야 한다.

감금되어 있으나 마음은 구중천을 날아오른다.

누가 내 손을 잡을 것인가.

구국의 신념으로 오늘도 꿈을 꾸어본다.

- 이순신의 심중일기 1597년 청유년 3월 20일 경술 -

"내가 졌구나."

의금부 뇌옥을 나서며 일패공주는 순순히 패배를 시인했다. 그녀다운 행동이었다. 문밖에서 대기하던 호위무사가 재빠르게 아율미의 뒤를 바싹 따르며 경호했다. 장예지는 내기에서 승리했으니 이제 김충선의 곁에 있어도 된다는 안도감이 그녀를 온통 지배했다. 하지만 바깥으로 그 기분을 전혀 배출해 낼 수는 없었다. 그녀는 조선의 순종적 여인이었다. 장예지는 승기를 잡은 사람의 여유로움으로 고개를 좌우로 흔들었다.

"애초부터 내기를 할 생각은 없었습니다. 스승님을 떠나지 않아도 됩니다. 상관없습니다. 큰일을 하셔야지요."

"잘해보셔."

건주위의 아율미는 김충선과 장지예에게 말 한마디를 던져 놓고는 말고삐를 붙들고 온 호위무사와 함께 장내를 떠나려 했다. 장예지는 서둘러 그녀의 옷자락을 잡았다.

"이러지 마십시오. 내기는 저와 하지 않았습니까? 제가 다시 물리자면 되는 것 아닙니까? 떠나지 마셔요."

그녀는 간곡히 만류했다. 하지만 아율미는 김충선을 향해서 입을 삐죽거렸다.

"피이, 저 작자는 끝내 날 잡지 않는구나. 어떤 마음인지 내가 잘 알고 있지."

아율미는 부리나케 흙먼지를 일으키며 장내를 떠나갔다, 장예지가 사라져가는 일패공주의 뒷모습을 보며 물었다.

"어째서 붙들지 않으셨습니까?"

"난 여인들의 거래에 끼어드는 것을 싫어합니다."

"스승님이 열고자 하는 새 하늘에 여진이 필요하지 않겠습니까?"

김충선은 골똘히 생각하다가 답하였다.

"옳은 말이요. 하지만 사안이 다르오. 그리고 그녀는 일국의 공주요. 자신의 말을 헛되게 하지는 않을 겁니다."

"그 말뜻은 그럼 이순신 장군의 혁명에 그들이 동참하는 데 문제가 없다는 말씀입니까?"

사야가 김충선은 미꾸라지처럼 빠져나갔다.

"후훗, 그건 알 수 없으나 신용해야 한다는 뜻입니다. 어쨌든 낭자와의 내기에서 패하고는 바로 물러가 버렸으니까요."

"그런가요?"

"이 대목에서 내가 한 가지 정말 궁금한 것이 있습니다. 들어보시렵니까?"

장예지는 눈을 동그랗게 떴다.

"스승님이 무엇이 궁금하단 말인가요?"

사야가 김충선은 신중한 기색이었다.

"만일 낭자가 패했다면, 그러니까 이 장군님이 예전과 전혀 달라지지 않으셨다면 정말 내 곁을 떠나려 했습니까?"

장예지는 흠칫 몸을 도사렸다. 표정은 무척이나 난해했다.

"어땠을 것 같습니까?"

김충선은 쓴웃음을 지었다.

"잘 모르겠습니다."

장예지의 얼굴에 서운한 기색이 스치고 지나쳤다.

"아직도 모르시다니요…… 그러면 대체 언제나 아시렵니까?"

사야가 김충선은 장예지의 뾰로통한 목소리를 듣게 되었다. 하지만 궁금증은 해소되지 않았다. 여인들은 종잡을 수가 없다. 그냥 쉽게 대답해 주면 될 일을 곤욕스럽게 만든다. 김충선은 화승총과 도검은 귀신처럼 다루지만 여인에게 있어서는 여전히 서툴다.

"송… 구합니다."

"사과하실 일은 아니지요."

"그래도 뭔가 잘못한 것 같습니다."

장예지는 기분이 좋아졌는지 환하게 미소를 지었다. 그 덕분에 김충선은 안도의 한숨을 그녀 모르게 길게 내쉬었다. 장예지의 목소리가 귓가에 종달새 소리처럼 경쾌하게 울려 퍼졌다.

"앞으로는 스승님의 곁에서 머물고 싶습니다. 오랫동안."

장예지는 '오랫동안' 대신 '영원히'라고 말하고 싶었으나 차마 그러지 못했다. 이 후회는 결국 아픈 상처로 두고두고 남을 일이 되어 버렸다. 그래서 운명의 장난이라는 말이 세속에 떠도는 것이리라.

* * *

운명은 생과 사의 갈림길을 때때로 제시한다. 선전관 조영은 막다른 골목에서 세 명의 험상궂은 인물들과 마주치게 되었다. 어떻게 궁지에 몰리게 되었는지는 자신도 몰랐다. 그냥 정신을 차리고 보니 낯선 골목이었다.

"요즘 내가 왜 이러지?"

이순신의 장계 일로 인해서 끔찍한 경험을 했던 뒤이기에 불안감이 극도에 달하였다. 아마도 그 후유증으로 제정신이 아닌 듯했다. 그러나 문제는 인적이 드문 곳에 고립孤立되어 버린 자신을 발견한 것이다.

"자네 이름이 조영 맞는가?"

중앙의 인물이 허리춤에서 밧줄을 꺼내 드는 광경이 포착되었다. 조영은 머리끝이 쭈뼛 곤두섰다. 이들이 어떤 목적으로 등장했는지 깨닫게 된 것이다. 조영은 말을 더듬지 않을 수가 없었다.

"왜… 들 이러시오? 내 그대들의 목적… 대로 장계의 행방을 발설했는데?"

사내들은 선전관 조영의 외침을 묵살했다.

"입을 다물어라."

다른 사내가 등 뒤에 칼을 꺼내 드는 순간 예리한 칼날이 잠깐 빛에 반짝였다. 조영의 머릿속으로 죽음이란 단어가 명멸하는 광채만큼이나 빠르게 스치고 지나갔다. 그러자 목숨에 대한 애착이 반사적으로 폭발했다.

"으아아앗!"

어디서 그런 힘이 솟아났는지 모를 일이었다. 그래도 젊은 시절에는 고향에서 장사 소리를 들었으며 무과에도 응시했던 조영이었다. 그는 오른쪽에 약간 허술해 보이는 사내의 정강이를 힘껏 차버렸다. 동시에 어깨로 그를 받아넘기면서 냅다 앞으로 달렸다.

"사람 살려라!"

조영은 죽어라 내달리면서 소리쳤다. 바로 그때, 갑자기 눈앞에서 불이 번쩍 일어남과 동시에 조영의 몸이 공중으로 반 자가량 떠올랐다가 땅바닥으로 보기 흉하게 '쿵' 하며 떨어졌다.

"어딜 도망가시려고?"

냉막해 보이는 선비 한 명이 눈에 익은 육모방망이 하나를 들고 있었다. 주로 관청에서 사용하는 박달나무로 깎아서 만든 곤봉은 단단하고 위력적이었다. 조영의 얼굴은 금방 시뻘겋게 부풀어 올랐고 코와 입에서는 핏물이 줄줄 흘렀다. 부러진 이빨 두어 개가 보기 흉하게 나뒹굴었다. 단단한 곤봉으로 얼굴을 강타당한 조영은 한동안 의식이 가물거렸다.

"으... 으으......?"

고통스러운 신음을 흘리며 자신을 제압한 선비를 가까스로 올려다보았다. 선비의 풍모에 어울리지 않게 육모의 곤봉으로 그는 조영을 가리켰다.

"내가 누구냐고 묻는 눈빛이군. 그렇지?"

선전관 조영은 욕설을 퍼붓고 싶었으나 입이 움직이지 않았다. 뜨거운 핏줄기가 자꾸 목구멍을 타고 넘었다.

"내 이름은 강두명!"

생소한 이름이었으나 선전관 조영은 곧 그 이름을 기억해 냈다. 근래 왕 선조의 총애를 받으면서 통제사 이순신을 의금부로 압송하는데 공로가 가장 크다는 사헌부의 관리. 젊은 나이로 입신양명의 출세가 보장되었다는 인물이었다.

"개…… 새…… 끼."

선전관 조영은 혼신渾身으로 정확한 발음을 아주 천천히 뱉어 내어 정확한 욕설을 뱉어냈다. 강두명은 비릿한 실소를 흘렸다. 다시 그의 손아귀에 있던 방망이가 공중으로 들어 올려졌다.

"끝까지 입을 다물었어야지."

사헌부 지평 강두명은 다시 곤봉을 위에서 아래로 내리찍었다. 그는 단번에 멈추지 않고 연거푸 방망이를 휘둘렀다. 피가 튀어 오르고 살점이 터져 사방으로 날렸다. 강두명은 잔인했고 조영의 신음은 무력했다. 그 광경을 지켜보는 세 사내 중에서 두 명은 차마 지켜보고 있을 수 없는지 고개를 돌려버렸다.

"그만 없애라."

강두명은 피떡이 되어버린 조영의 가슴팍에 곤봉을 던지면서 중얼거렸다. 그의 행동을 끝까지 지켜보았던 사내는 외면하고 있던 사내들에게 눈짓을 보냈다. 그들은 커다란 마대 자루를 펼쳐서 조영의 몸을 쑤셔 넣었다. 일련의 동작은 매우 익숙했고 침묵 속에서 이뤄졌다. 그들은 사헌부 지평 강두명에게 고개를 숙여 보이고는 장내를 빠져나갔다. 바닥에는 방금 벌어졌던 참상의 흔적만이 고스란히 남아있었다. 강두명은 육조거리를 향해서 발걸음을 빨리했다. 그런 강두명의 뒷모습을 예의 주시하는 눈동자가 있었다. 여진의 공주 아율미였다

* * *

　도승지 오억령은 사헌부 지평 강두명의 예방을 받았다. 그들은 내실의 은밀한 장소에 마주했다.
　"어찌하였다고?"
　강두명은 짧게 상황을 설명했다.
　"함구하도록 조치했습니다."
　"아예 뿌리를 뽑아야 두 번 다시 우리를 겁박하는 일 따위가 없음이야."
　"종식 시켰습니다."
　도승지 오억령은 흡족한 표정이었으나 긴장은 여전하였다.
　"전하를 위한 일일세."
　"여부가 있겠습니까. 충성을 다하고 있습니다."
　"수고했네."

이들이 대화를 나누고 있을 때 이조판서 이우찬이 무거운 안색으로 모습을 드러냈다. 강두명은 즉각 자리에서 일어나서 예를 취하였으나 이우찬은 좌정하라는 시늉을 하면서 급히 말을 이었다.

"서애와 오성 대감 등의 움직임이 심상치 않소이다. 선전관 조영이란 놈은 어찌 되었소?"

도승지 오억령이 강두명에게 시선을 주었다. 이조판서에게 상황을 보고하라는 무언의 지시였다. 강두명은 다시 입을 열었다.

"그 작자는 심려 마소서."

이조판서 이우찬의 입술이 실룩였다.

"약방문을 썼는가?"

"극 처방을 하였습니다. 다시는 헛소리를 못 할 것입니다."

그러나 도승지 오억령은 뒤가 구렸다. 조영이 자신을 찾아와 발광하는 바람에 장계의 행방을 누설하지 않았던가? 설마 그 짧은 시간에 내막이 저들에게 전달되지는 않았을 것이라고 자위하였다.

'만일 그랬다고 해도 그들이 감히 광해군 저하를 상대로 장계를 추궁할 수는 없을 것이다.'

오억령은 장계의 행방을 담보로 삼고 싶었던 선전관 조영의 사건을 마무리했다는 생각이 들자 기분이 좋아졌다. 이우찬에게 지평 강두명을 치하했다.

"그가 큰일을 하였습니다."

"헌부의 젊은 당상관이 멀지 않았겠어."

당상관이라 하면 정3품 이상의 고위직이며 지평 강두명이 오르고자 하는 지위였다. 강두명은 공손히 허리를 굽혔다.

"어떤 일이든지 맡겨만 주십시오. 소생이 두 분의 근심과 우환을 제거하는 약방문을 사용하도록 하겠습니다."

"극약은 매우 유의해서 다뤄야 함일세."

이우찬의 당부를 젊은 강두명은 호기롭게 받았다.

"설사 상대가 통제사라 할지라도 처방은 어렵지 않습니다. 감쪽같이 스스로 생명을 마감하게 만들 수가 있습니다."

도승지 오억령과 대제학이며 이조판서를 겸하고 있는 이우찬은 섬뜩한 기분이 들었다. 이 젊은 지평은 보통의 사헌부 관리가 아니었다. 지금 이순신을 제거할 수 있다고 발설하는 것이 아닌가?

"무슨 뜻인가?"

"생명을 마감하게 만들 수 있다니?"

강두명은 마귀처럼 잔인하게 웃음을 지어보였다.

"자진自盡한 것처럼 처방할 수 있다는 것입니다."

조선을 구했던 통제사 이순신을 자살로 위장시켜 죽일 수 있다는 무서운 음모가 그의 머릿속에는 들어있었다. 그들은 이글거리는 욕망의 눈빛을 동시에 교차했다.

25장

×

왕세자 광해군

세자, 아아 광해군 저하

익호장군이 충성을 맹세했던 불운한 왕세자.

왕권에 대립하는 왕세자는 고단하다.

고립되어 있고 심각한 중증의 병을 앓고 있다.

그는 치유治癒를 원한다.

한때 왜적들과 처절한 투쟁을 지휘했던 세자.

내가 원하는 것을 얻기 위해 난 그에게 무엇을 줘야 하나?

그도 강한 조선을 원한다!

-이순신의 심중일기 1597년 정유년 3월 21일 신해-

세자 광해군은 감격적인 어조로 그녀 장예지를 맞이했다.

"맞군… 우린 만난 적이 있었지?"

장예지는 공손히 절을 올린 후, 큰 눈에 그렁그렁 눈물을 담고 정면으로 향했다. 사야가 김충선과 장예지는 이순신을 은밀히 내방 한 후 바로 동궁전으로 광해군을 찾아 나선 것이다. 왕세자의 화려한 복장 속의 그는 어딘가 모르게 그늘이 잔뜩 드리워져 있었다.

"예… 세자 저하, 강녕하셨습니까?"

광해군은 한꺼번에 여러 종류의 의미가 담긴 눈길을 쏟아냈다. 그것은 안타까운 연민憐憫과 미안함, 우수憂愁와 비애悲哀 등 종잡을 수 없는 복합적 감정의 결정체였다.

"그래. 어찌 지냈는가? 나의 경솔함이 익호장군을 그리 보내었다. 얼마나 날 원망하였겠느냐? 저주도 했겠지."

장예지의 다소곳한 몸매 안에서 작은 경련이 일어났다.

"아니옵니다."

"알고 있느니라. 진심으로 사죄하마. 아바마마를 대신하여 너에게 부끄럽고 또 부끄럽다. 익호장군은 만고의 충신이다. 난 그의 충성심을 추호도 의심하지 않는다."

광해군은 진심에서 우러나오는 사과를 하였다. 익호장군 김덕령과 인연을 맺게 된 것은 임진년에 이어서, 갑오년 전주에 자리 잡은 광해군의 분조分朝 무군사撫軍司 시절이었다. 당시 혈기가 왕성하던 18살의 세자 광해군은 말을 타고 산과 들판을 질주하는 것이 취미였다. 어느 날인가 세자는 호위무사들과 말을 타고 달리다가 욕심을 내어 속도를 내었다. 호위무사들이 놀라며 추격했지만 세자가 타고 있던 말은 준마에 속했다. 바람처럼 빠른 말을 그들이 당해낼 재간이 없었다. 그 때문에 광해군은 그만 길을 잃고 낙오落伍되고 마는 최악의 불상사가 일어났다. 무군사가 발칵 뒤집어지고 세자를 찾기 위하여 병력이 총동원되었다.

"얼마나 무서웠는지 모른다. 그때 김덕령 장군이 날 발견해 내었다. 내가 타고 있던 말의 어미 말을 풀어 놓고 그 뒤를 따라 왔었다고 했어! 감격하는 내게 그가 말했었다. 이 방법은 내 정혼녀가 알려줬노라고. 바로 그대였었지."

장예지는 세자 광해군이 지난 이야기를 꺼내자 부끄럽고 무안했다. 어쩌면 그건 자신과 나란히 자리를 하고 있는 사야가 김충선에 대한 부담인지도 모른다는 생각이 들었다.

"부끄러운 일이었습니다."

세자는 장예지를 마치 친누이처럼 대하였다.

"그럴 리가 있는가? 난 지금도 감사하다. 만일 그때 내가 왜적에게 발각 되었다면 어쨌을 것이냐? 참으로 상상만 하여도 끔찍한 일이었다."

장예지는 다소 흥분하는 모습의 광해군에게 잔잔한 미소를 보냈다.

"세자 저하와 익호장군의 인연이 있었기에 그리 되신 것이지요."

왕세자 광해군은 지난 과거의 기억을 떠올리며 잠시 아이마냥 즐거워했다.

"내 특별히 익호장군에게 명하여 약혼녀이던 그대를 무군사로 청하였었지. 사실 그때 매우 익호장군이 부러웠느니라. 그대와 같은 지혜와 미모를 갖춘 여인을 정혼자로 두고 있었다는 사실이 말이야. 하하하, 그 날 우리는 매우 즐거웠었다. 아, 또 생각나는군. 그때 그 좌석에서 내가 김덕령에게 익호翼虎라는 군호를 내리고 진심으로 내 사람이 되어줄 것을 간청 했었어. 그대도 생각나는가?"

장예지가 어찌 그 일을 잊을 수 있겠는가. 그날 김덕령은 광해군과의 좌석에서 물러난 후, 날개 달린 호랑이 '익호! 익호!'를 소리쳐 외치며 장예지의 앞에서 왕세자에 대한 충성을 수도 없이 맹세했었다.

"익호장군이 그 군호를 성심으로 사모했사옵니다. 세자 저하에 대한 지극한 충심으로 기뻐했습니다."

광해군은 비탄한 심정이 되어 한숨을 몰아쉬었다.

"그런데, 병신년의 그 사건은 참으로 참담하다. 아바마마의 노여움이 그리 대단한 줄은 몰랐느니라. 익호장군과 그런 인연을 맺지 않았더라면 그대들의 비극도 없었을 거 아니냐?"

장예지는 괴로워하는 세자 광해군을 위로했다.

"후회라는 것은 아무리 빨라도 늦는다고 하옵니다. 이제 와 후회한들 무엇 하겠습니까? 마음을 고정하소서."

광해군은 안정이 되지 않은 모습이었다. 연신 자신의 고개를 좌우로 흔들어대며 불만을 표시했다.

"아바마마가 무리하셨느니라. 누구보다도 신임하는 나의 장수를 그리 모질게 대하시는 게 아니었다. 날 견제하기 위해 희생시킨 것이야. 부왕답지 못한 행동이셨다."

광해군의 행동은 조금 부자연스러워 보였다. 부왕인 선조와의 극심한 갈등으로 인해 약간의 불안 증세를 보이고 있는 것이다. 만일 왜란이 발생하지 않았다면 광해군은 세자로 책봉되지 못할 수도 있었다. 그런 의미에서 이 전쟁은 광해군에게 왕의 기회를 제공한 것인지도 모른다.

돌연 광해군의 싸늘한 눈초리가 사야가 김충선에게 닿았다.

"넌 누구냐? 누구길래 익호장군의 예지 낭자와 가까이 있느냐?"

장예지를 향했던 부드러운 눈길과 말투와는 전혀 다른 매우 냉담하여 건조했다. 같은 사람이라고 믿기지 않을 정도였다. 장예지가 흠칫 놀라며 설명했다.

"이분은 소녀의 스승이십니다."

"스승이라고?"

사야가 김충선이 일부러 목소리에 힘을 넣었다.

"저하! 신은 익호장군 김덕령과 막역한 친구 사이였습니다. 그 친구로부터 세자 저하에 대한 기상氣像과 의지意志를 전해 듣고 언제나 오매불망寤寐不忘 저하를 뵐 수 있기를 간절히 원했나이다. 금일, 그 염원을 이루게 되어 감개가 무량하옵니다."

광해군은 의심의 눈초리를 거두지 않았다.

"너의 이름이 무엇이냐?"

"김충선이라 하옵니다."

장예지가 동궁의 분위기가 경직될까 두려워서 역할을 마다하지 않았다.

"저하, 이분은 임진, 계사년에 항왜장으로 참여하여 무수히 많은 전공戰功을 세웠으며 이미 고인이 되신 익호장군의 막역한 지기이십니다. 근래는 삼도수군통제사 이순신 장군의 막하에서 활동하시고 있는 줄 아룁니다."

광해군의 눈빛이 예사롭지 않게 번뜩였다. 통제사 이순신에 대한 소식은 이미 접하고 있었던 차였다. 게다가 자헌대부 김충선이란 항왜장에 대해서도 소문을 듣고 있었다.

"아하! 그대가 바로 그 항왜인, 아니 이제는 조선인 그 김충선이란 말인가?"

"황공하옵니다."

세자 광해군은 몸소 자리에서 일어나 김충선과 장예지의 앞으로 성큼 걸어왔다.

"그대들을 가까이에서 보고 싶구나!"

장예지는 광해군의 적극적인 행보에 당황해하며 고개를 숙였다. 김충선도 미처 생각지 못했던 세자의 돌발 행동에 주춤거렸다.

"세자 저하!"

광해군은 그들의 태도를 아랑곳하지 않고 바로 코앞에 털썩 주저앉으며 사야가 김충선의 손을 부여잡았다.

"내 그대를 만나면 반드시 치하致賀 하리라 마음먹었느니라. 분조分朝 무군사撫軍司 시절, 조정에 매일 보고하던 일지가 있었다. 그 내용에 병기제조兵器製造 부분에 있어서 그대의 이름이 명기되는 날이 많았다."

김충선도 처음 듣는 이야기였다. 그러나 1592년 임진, 1593년 계사년은 물론이고 그 뒤의 갑오, 을미년에 이르기까지 김충선은 수하 항왜병들을 각 조선의 군영으로 파견하여 조총의 제조와 기술 등을 전수傳授했었다. 당시의 활약상이 무군사撫軍司에도 영향을 끼쳤던 것은 당연하다.

"그러했습니까? 너무 유념留念마소서. 의당 해야 할 일이었습니다."

광해군은 언제 그러했냐는 듯이 경계의 빛을 거두고 이제는 오랜만에 해후한 혈육처럼 챙겼다.

"게다가 익호장군의 친구라니 이렇게 기쁠 수가 있는가? 마치 그가 살아 돌아와서 내 앞에 있는 거 같구나. 오!"

세자의 그늘이 맴돌던 눈가에 이채가 반짝이며 눈물이 금방

맺혔다. 그는 동궁에서 외로웠고 왕 선조의 경계에 불안했었다. 일부에서는 명나라의 주청에 대한 견해가 돌출되어 장자 임해군臨海君이 거론되고 있는 것도 상당한 심리적 압박이었다. 그래서 세자 광해군은 정신적 조울躁鬱 증상을 앓고 있었다.

"세자 저하께서 이리 반갑게 맞이해 주시니 신 김충선 몸 둘 바를 모르겠나이다. 옥수를 거둬 주소서."

"아니다. 그대가 이 전쟁에 얼마나 큰 공을 세웠는지 다른 사람들은 잘 모를 것이다. 하지만 나는 알고 있다! 그것은 분조의 내 임무가 무군사일기撫軍司日記를 작성, 관리하여 상감마마에게 보고했었기에 너무 자세히 기억하고 있다. 사야가 김충선이 이전移轉해준 조총의 기술로 말미암아 호남, 경상, 충청, 경기 등 전국의 관병과 병영에 총기가 제조되기 시작했다! 우리는 비로소 왜적들과 대등한 무기를 소유할 수 있게 되었다!"

광해군의 눈에서 눈물이 주르르 흘렀다. 이 순간 사야가 김충선도 콧등이 시큰거렸다. 장예지는 뭐라 설명할 수 없는 벅찬 감동으로 고개를 돌리고 울음을 터뜨렸다.

"세자 저하께서 이리 격려해 주시니 실로 광영이옵니다."

광해군은 김충선의 손을 놓지 않았다. 울음도 멈추지 않았다.

"내 어찌 잊을 수 있겠는가? 조선의 전 백성들이 도탄에 빠져 울부짖었도다. 나의 백성들이 부모형제의 죽음 앞에 통곡하였다. 왜적의 힘은 너무 강하고 우리의 병기는 낡았도다. 상감을 따라 피난을 떠나는 길에 백성들의 원성이 내내 사무쳤다. 그 처량하고 비통한 피난길에서 맹세했다. 강한 조선을 만들고야 말겠노라고!"

강한 조선을 원하는 것은 비단 사야가 김충선만이 아니었다. 그것은 이순신의 가슴에도, 영의정 유성룡과 도원수 권율에게도, 그리고 목전의 광해군과 장예지에게도, 조선의 백성 그 모두에게 있었다. 김충선이 그런 광해군에게 소리쳤다.

"진정 강력한 조선을 원하십니까?"

"그렇다!"

"통제사 이순신 장군을 구해 주십시오!"

왕세자 광해군의 표정이 급변하였다.

"지금 이순신이라 했는가?"

"예."

"불가不可하다. 그는 상감마마의 표적標的이 되었다. 누구도 감당할 수 없다. 이순신을 구할 수 없다. 왕이 노리고 있음이다. 부왕은 무서운 집념의 소유자이다. 그분을 가로막으면 역적이 되고 만다. 누가 감히 역신이 될 수 있겠는가? 김덕령도 지키지 못한 내가 어찌 이순신을 지키랴. 불가하다!"

광해군은 눈빛을 고정하지 못하고 사방을 휘둘러 보면서 이상한 행동을 하기 시작했다. 억양도 불규칙했다. 이것은 병의 증상이라고 김충선은 생각했다. 세자 광해군은 현재 정상적이지 못했다.

"저하, 고정하십시오. 소신은 세자 저하가 원하시는 어떤 임무이든 수행할 수 있습니다!"

김충선은 그런 용기가 어디에서 치솟았는지 모를 일이었다.

그러나 목전의 광해군을 대하게 되자 측은지심惻隱之心이 생기며 김덕령의 활달한 미소가 머릿속으로 가득 차올랐다.

'고맙다 충선! 세자 저하를 부디 도와다오!'

김덕령이 사야가 김충선의 머리와 가슴속에서 그렇게 외치고 있었다. 광해군이 퍼뜩 제정신으로 돌아오며 물었다.

"지금 뭐라 했느냐?"

김충선은 재차 무릎을 꿇고 머리를 조아렸다.

"익호장군 김덕령이 소신에게 세자 저하를 도우라고 하십니다. 그에게 원했던 전부를 소신이 대신하겠습니다. 저하가 원하시는 강한 조선! 반드시 이루고야 말겠습니다. 소신을 믿고 통제사를 구원해주십시오."

광해군은 길게 늘어진 비단 의복 자락을 펄럭이며 제자리로 돌아간다. 그의 뒷모습은 놀랍게도 평온해 보였다. 그가 좌정하며 돌아봤다. 웃음기가 없고, 병약한 기운도 사라져 있었다. 광해군이 중얼거렸다.

"너희들 장계를 찾으러 왔구나!"

26장

×

안국동 풍운

당쟁에 함몰陷沒되어가는 중신들
그러나 육정六正의 신하도 존재한다.
조선의 충신들이 머리를 맞대었다.
그들의 구국을 위한 결정이
조선의 백성을 구원한다.
사라진 나의 장계는 그들을 위한 씨앗이다.
희망을 노래하는 백성의 함성으로
온 천지가 물들면 육정의 화합도 이루어지리.

-이순신의 심중일기 1597년 정유년 3월22일 임자-

영의정 유성룡과 도원수 권율, 의병장 곽재우, 병조판서 이항
복은 도승지 오억령의 안국동 저택을 방문하였다. 마침 오억령
은 좌의정 육두성과 이조판서 겸 예문관 제학 이우찬李宇贊, 그리
고 지중추부사 정탁 등을 불러들여 긴급한 숙의를 하고 있던 참
이었다. 그들은 무엇보다도 도원수 권율과 의병장 곽재우의 출
현을 놀라워했다.

　"순천의 도원수부에 계셔야 할 장군이 아니시오?"

　"왜적의 재침으로 나라가 혼란스러운 이때 도원수가 한양에
는 어인 일이란 말이요?"

　"놀랍소이다. 조선의 가장 중요한 인사들이 이토록 몰려다니
시다니요? 대관절 무슨 일입니까?"

　지중추부사 정탁은 천문과 지리, 병법등 다양한 방면에 능통
하였으며 특히 인재를 등용하는데 있어서 탁월한 안목을 지니
고 있었다. 이미 그는 임진왜란 전후를 통하여 이순신과 곽재우,

김덕령 등을 천거하기도 했었다.

"우리가 모인 것과 여러분이 동행한 것은 같은 사안인 것이지요?"

"그런 것으로 보여집니다."

정탁은 땅이 꺼지도록 한숨을 내쉬었다. 왜적의 재침으로 나라가 어지러운 상황에서 조정 중신들의 단합이 요구됨에도 불구하고 당쟁은 꺼지지 않는 불씨처럼 늘 연기를 피워내고 있지 않은가.

"이것은 스스로 우리의 무덤을 파는 꼴이 아니요!"

병조판서 이항복이 정탁의 탄식에 씁쓰레한 미소를 머금었다. 그 역시 동감을 표시하고 있는 것이다.

"우린 두 가지 사안을 가지고 왔습니다. 도승지 영감이 입증하시기를 바라면서 말씀드립니다. 첫번째는 통제사 이순신 장군의 국문입니다. 다른 하나는 상감마마의 장계 조작과 인멸湮滅에 관한 부분입니다. 이것은 정국에 있어 매우 중대한 사안입니다. 모두 아시고 계시지만 통제사 이순신 장군이 삼도수군을 장악하여 왜적의 함대를 바다에서 가로막지 못한다면…… 이번에는 조선이 감당하지 못할 것입니다."

도승지 오억령이 이맛살을 찌푸렸다. 그는 참지 못하고 버럭 콧소리를 냈다.

"우리에게는 천병天兵! 명군이 있지 않소?"

그는 왕 선조가 우상으로 여기는 명나라의 군사들을 역시 믿고 있었다. 그러자 예순이란 나이가 무색할 정도로 도원수 권율이 우렁찬 목소리를 꺼냈다.

"그들은 숫자에 불과하오. 또한 전쟁은 우리의 땅에서 벌어지고 있소. 결국 그들에게 바랄 수 있는 것은 위안일 뿐이요. 죽음도 삶도 우리 조선의 병사와 백성들의 몫이라는 것을 명심하시오!"

환갑을 목전에 두고 있는 노장군의 어투에는 따끔한 채찍질이 담겨 있었다. 이 전쟁은 조선의 전쟁이었다. 그리고 그들은 명나라 군사일 뿐이었다. 이항복은 역시 명성에 걸맞게 번뜩였다.

"임진원년과 다음 해 금수강산이 왜적의 침략으로 농락당하고 있을 때 조선의 수군만이 희망이었소이다. 그들의 연전연승이 아니었다면, 그래서 바다로부터 대륙으로 잇는 왜적의 식량과 병사들의 보급을 차단시키지 못했다면 과연 강화에 대한 이야기가 오고갈 수 있었겠소이까?"

맞는 말이었다. 이순신이 보여줬던 화려한 바다의 승리가 없었다면 이미 오늘의 조선은 왜의 조선이 되어 있었을 것이리라. 유성룡을 비롯한 도원수와 곽재우, 판중추부사 등도 침묵으로 동조하였다. 도승지 오억령만이 어깨를 들썩였다.

"하지만 이순신은 이번 재침략을 보고 받고 즉시 대응하지 않은 죄가 있지 않소! 가토를 수장시킬 수 있는 절호의 기회를 스스로 놓치는 우를 범하였단 말이요. 조정의 명을 거역하고까지!"

"그는 강화협상이 장기화되자 장수로써 두려움만 키운 것이요. 그때의 통제사 이 장군이 아니었던 것이지요."

좌의정 육두성이 도승지를 비호하고 나서는 순간이었다. 이항복은 천천히 비단 끈으로 묶여 있는 이순신의 서장을 꺼내 정교하게 만들어진 작은 서궤書几위에 매서운 소리가 나도록 내려놓았다.

"통제사 이순신 장군의 장계외다! 내용은 도승지 영감이 더 자세히 알고 있으리라 믿소이다!"

이순신의 장계라는 말에 좌중은 일시에 고요한 침묵에 휩싸였다. 장계! 이순신의 장계가 드디어 모습을 드러낸 것이다. 누구도 쉽사리 입을 열지도, 눈알도 굴리지 못했다. 도승지는 입맛을 다셨고 좌의정 육두성은 두 눈이 화등잔만 하게 떠졌다. 순간적으로 머릿속이 하얗게 비어갔다. 왕은 분명 그 서장을 폐기하였다고 했었다. 그런데 나타난 것이다. 내용을 자세히 모르는 지중추부사 정탁은 얼떨떨한 표정을 지었다.

"이순신 장군의 장계라니요? 내용은 무엇이고 언제 작성한 것이기에 이리 중시한단 말이요?"

합석하여 사태를 예이 주시만 하고 있던 영의정 유성룡이 모처럼 분위기를 지배하고 나섰다.

"이 장계는 실로 중대한 의미를 지니고 있소이다. 일국의 장수에 관한 명예와, 임금의 도덕성을 내포하고 있다고 해도 과언이 아닙니다. 이 서장이 작성된 것은 지난해 말경이며, 내용은 왜적의 재 준동이 예상되니 이순신의 함대가 부산으로 이동하겠다는 것입니다. 조정의 지휘와 회유를 기다린다는 것으로 마무리 되어 있지요. 이 서장이 이야기하는 것은 여러분도 이제 짐작하시고 계시겠지만 통제사는 본래 적을 두려워하거나, 포기하지 않은 장수입니다. 그는 이 서장의 내용대로 부산 앞바다를 지키고자 강력히 염원하고 요구했소이다! 이 서장은 충심으로 작성된 것이었으나 전하께옵서는 도승지에게 명하시어 이 장계를 변조하고 감추기까지 하였소이다."

충격적인 내용이 중신들에게 발표되었다.

'장계, 서장이 발견되었다니? 어떻게?'

당사자인 도승지 오억령은 얼굴색이 새파랗게 질려버렸다. 이미 끝장난 선전관 조영이 일을 망가뜨렸다는 사실을 그때야 비로소 깨닫게 되었다. 오억령은 고개를 떨어뜨렸다. 좌의정 육두성은 시선을 천장에 못 박고 헛기침만을 연방 해대었다. 정탁은 믿지 못하겠다는 듯이 서궤의 두루마리를 펼쳤다. 그의 손이 떨렸고 눈시울이 붉어졌다.

"암. 그랬을 것이야. 그렇고말고."

한때 이순신을 등용하는데 앞장섰던 지중추부사 정탁의 눈에서 눈물이 떨어졌다. 유성룡의 묵직한 음성이 실내를 압도하고 있었다.

"상감마마가 처음부터 통제사를 미워하고 배척하신 것은 아니오. 단지 왕실에 대한 지극함이 초조하게 표출되었던 것이오. 과하게 말이외다. 우리는 이 자리에서 왕에 대한 불신을 말하는 불충을 저질러서도 아니 되고, 통제사의 무고한 죄를 논해서도 아니 되오. 우리는 현명하고 지혜로운 신하가 되어 왕실의 존엄을 살리고 통제사 이순신 장군의 누명을 벗겨주고 왜적의 침략에 대비해야만 하는 것이외다."

곽재우가 의연하게 좌중을 훑어보았다.

"통제사가 풀려나시지 않는다면 조선은 희망이 없소이다. 만일 그러한 사태가 발생하게 되면 우리 모두는 망국의 신하가 되고 백성이 되어 대대손손 핍박받는 떠돌이 민족이 될 것이오이다."

"절대 그리되어선 아니 됩니다."

예문관제학 이우찬이 예의 바르게 두 손을 모으고 말했다.

"그렇다고 신하된 도리로 임금의 행실을 문제 삼고 무시하여 이순신의 구명에 나선다면 이는 더한 화근을 일으키는 것이 아닌지요!"

마지막으로 유성룡이 그들을 둘러보며 아끼던 말을 꺼냈다.

"그래서 이 장계를 갖고 임금과 담판을 지으려 하오!"

전원이 나무토막처럼 딱딱하게 굳어졌다. 왕과의 승부라는 것은 목숨을 내놓고 해야 하는 도박이었다. 더구나 거기에는 통제사 이순신의 생명까지도 염두에 둬야 하며 지금의 이순신은 나라의 명운과도 관계가 깊었다. 왕과의 승부는 진검일 것이며 그것은 생사의 모험이기도 했다. 도승지가 침을 꿀꺽 삼켰다.

"어느 분이요? 누가 나서시겠소?"

그들은 모두 알고 있었다. 임진왜란 전에 서인의 영수이던 정철이 세자 책봉 문제를 선조에게 단독으로 거론하였다가 문책당하여 끝내 귀향 가게 되고, 그 바람에 서인들이 얼마나 큰 수난을 겪게 되었는지 모른다. 함부로 왕과 맞선다는 것은 자신은 물론 당파적 측면에서도 크나큰 영향을 미치는 만큼 주의하지 않을 수 없는 것이었다. 이때였다. 그들이 모여 있는 안채 뜰 뒤로부터 고요하지만 진중한 어조가 흘러나왔다.

"소생에게 맡겨 주십시오!"

저택의 주인이던 도승지 오억령이 경기를 일으키며 소리쳤다.

"웬 놈이냐?"

"당파에 연연하지 않으며, 고민할 가족도 없으니 이놈이 아주 제격이라 보여집니다."

한바탕 소동을 일으키며 모습을 드러낸 사내는 믿음직스러웠다.

"김충선이라 하옵니다."

좌의정 육두성은 퉁방울만 한 눈으로 아래위를 훑어보며 닦달했다.

"미친 작자로구나. 여기가 어디라고 감히 나서는 거냐? 썩 물러가지 못할까!"

그때 영의정 유성룡과 도원수 권율, 의병대장 곽재우, 거기다가 병조판서 이항복에 이르기까지 이구동성으로 외쳤다.

"그가 유일한 적임자요!"

27장

×

왕의 봄날

장계를 발견했단다.

의외의 장소다.

광해군光海君 저하의 심기心機인가.

봄날이 깊어진다.

비열한 임금에게도 봄은 존재하는가?

나른하다.

그의 권력에는 연민憐憫이 존재한다.

다시 잠들어 깨지 않았으면 싶다.

그리되면 육제의 통증도, 정신의 학대도 사라지지 않겠는가.

-이순신의 심중일기 1597년 정유년 3월 23일 계축-

도승지 오억령은 정릉동 행궁으로 김충선을 안내하면서도 내심 고개를 갸웃거리지 않을 수 없었다. 곁눈질로 보아도 아직은 젊은 약관의 사내였다. 몸속에 흐르고 있는 피의 절반이 일본인이라고 했던 그가 조선으로 투항한 사연도 궁금하였고, 무엇보다도 호기심이 치솟는 대목은 조선의 영도자들이라 할 수 있는 유성룡과 권율, 곽재우 등이 그를 무던히 신뢰한다는 점이었다.

　"상감마마의 부르심이 있기 전에는 절대 고개를 들어서는 아니 되네. 물으시기 전에는 대답을 하지 말아야 하며 함부로 질문도 할 수 없네. 영상과 도원수의 간절한 청으로 마련된 자리이니만큼 백번 천번 몸가짐을 주의 하게나."

　"명심하리다."

　"장계는 예민한 문제이니 거론할 시 특히 유의해야 할 것이야."

　"그 때문에 상감을 알현하는 자리이니 조심, 또 조심하겠소이다."

　김충선은 도승지의 귀찮은 잔소리를 가로막고자 선수를 치고, 마뜩찮은 도승지의 시선을 피하여 휘적휘적 앞서 걸었다. 오억령은 불안한 심정으로 발걸음을 재촉했다. 중화전中和殿으로 향하는 길목에서 꽃향기가 화사하게 피어올랐다. 봄꽃이 향긋한 바람으로 콧등을 스치자 입궁 전에 장예지와 단둘이 동행하여 안국동으로부터 정릉동 행궁까지 걸어오며 맡았던 방향芳香이 떠올랐다.

　그것은 분명 꽃향기보다도 강력한 봄처녀의 제취였다. 오늘은 날이 맑았고 청계천 수표교의 물빛도 고왔다. 조선의 전쟁터만을 누비던 장수의 가슴이 그렇게 설레고 두근거리기는 처음이었다.
　"사부님은 결정하셨나요?"
　"두 가지 길을 생각하오. 살고자 하는 길과 죽고자 하는 길이요."
　"생사의 갈림길을 왜 사부가 선택하시는 건가요?"
　"내 길에 이유 따위는 때때로 존재하지 않소. 난 스스로 조국을 배신했소. 또 다른 조국을 배신할 수는 없는 일이요. 내가 선택한 나라는 보다 정의롭고 강했으면 싶소. 그 일을 하는 것이요."
　"옳아요. 그러나 기왕이면 살고자 하는 길을 선택하시기 바랍니다."
　"……"

"한 가지 고백할 말이 있습니다. 김덕령 장군님을 보내던 날, 나의 슬픔은 이상하리만치 고요했습니다. 서러워 우는 내내 절망적이지 않았습니다. 그것이 무섭고 두려워서 흔적 없이 사라지고자 했습니다. 부정하고 불결한 마음으로 보는 세상은 온통 암흑이었습니다. 그리고 우연히 전쟁으로 고아가 된 아이들을 돌보게 되었지요. 그들의 천진함은 경이로울 정도였습니다. 아이들은 부모를 잃은 절망을 딛고 새로운 희망에 적응해 나가고 있었지요. 밥을 먹고, 웃고, 울고, 손을 잡고 달렸습니다. 오히려 그 아이들은 지혜로웠습니다. 그 잔인한 겨울을 아이들을 보듬으며 나는 새싹으로 남을 수 있었습니다. 몸이 춥고, 가슴은 꽁꽁 얼어 갔지만 그래도 뜨거운 희망은 바로 스승님이었습니다!"

그녀는 울었다. 울음은 순식간에 김충선에게 전염되었고 그들은 나란히 걸으며 그냥 울었다. 그들의 눈물은 닮아 있었다. 차마 마음속의 그리움을 내색하지 못하고 지나온 나날들이 꽃잎에 새겨져 봄바람에 휘날렸다. 봄은 사랑이 서러워 우는 계절인가 보다.

* * *

"기다리고 계시옵니다."

내관 고명수가 도승지와 김충선을 향하여 가볍게 허리를 숙였다. 이어서 그는 내전에 도착을 알리자 왕의 윤허가 떨어졌다.

"들라 하라!"

도승지는 조심스럽게 안으로 들어가 무릎을 꿇고 머리를 조아렸다. 김충선도 도승지를 따라서 예를 취하였다.

"신 도승지 상감마마의 부르심을 받고 입궐하였나이다."

"그대가 항왜 김충선인가?"

왕의 음성이 파르르 떨리며 눈에서도 시퍼런 불꽃이 일렁거렸다. 노화를 인내하는 모습이었다.

"상감마마의 망극한 은혜로 자헌대부에 올랐던 항왜자 김충선이 바로 맞사옵니다. 소신이옵니다."

"그래. 그대가 이순신의 행방불명된 장계를 지니고 있다 하였는가? 그것을 지니게 된 연유와 장계의 내용으로 인한 정국의 혼란을 일거에 해결할 수 있는 묘안이 있다고 들었는데… 맞는가?"

김충선은 고개를 들지 않고 있었다. 그는 붉은 비단 위에 엎드려 학을 수놓은 포단蒲團을 뚫어져라 응시하면서 코를 박고 있었다.

"감히 어찌 거짓을 고할 수 있사옵니까. 통촉하여 주시옵소서."

"그래, 반갑기 그지없구나. 들어보도록 하자."

어딘지 모르게 미심쩍은 말투였다.

"그러나 이것을 발설하기 전에 주위를 물리쳐 주시기를 간청드리옵니다."

"그 이유 또한 있는 것이냐?"

"그러하옵니다. 이것은 단지 행방이 묘연했던 장계를 발견함으로 그와 관련된 사안이 원만하게 수습되는 것이 아니오라, 더욱 복잡 미묘하게 전개될 가능성이 존재하옵니다."

"그래서…?"

"이것을 단순히 하여 해결하기 위해서는 황송하오나 상감마마의 사적인 견해와 이해가 필요하기도 하옵니다. 이는 군왕으로서가 아니라 신분을 떠나서 논의해야 할 사안이기도 하옵니다. 해서 사관과 도승지 영감은 물론이고 내관들도 물려주시옵소서."

도승지 오억령의 안색이 급변하였다. 양처럼 뒤를 살며시 따라왔던 작자가 순식간에 늑대의 본성을 드러내고 있다고나 할까? 왕의 면전에서 함부로 자신의 의사를 표현하고 있는 놈이라니! 이것은 미친 짓이다. 신분을 떠나서 논의해야 한다는 것은 죽음을 부르는 소리나 다름없었다.

"이보시게! 감히……!"

"아니다. 도승지는 물러가라. 내관들도 부를 때까지 얼씬거리지 말거라. 사관들도 마찬가지다. 짐은 오래 동안 이번 사태로 두통을 앓고 있었으니 그의 명확하고도 시원한 해결책을 듣고 싶구나."

왕 선조의 하명에 도승지 오억령이 몸을 도사렸다.

"전하!"

"그러나, 만일 과인의 심사가 더욱 불편하게 된다면 그대에게 반드시 그 죄를 묻게 될 것이다!"

김충선의 고개가 번쩍 들려졌다. 왕과의 시선이 허공에서 마주쳤다. 촉촉이 젖어있는 동공이 서로 휘감겼다. 이상한 일이 발생하고 있었다. 분명 처음으로 마주한 왕과 항왜 신하이건만 이들은 마치 오랫동안 서로의 감정을 나누던 사이처럼 끈끈함이 느껴졌다. 김충선은 이러한 감정의 동요를 이해할 수가 없었다. 그는 오랜 기간 선조에 대하여 적개심을 지니고 있었던 청년이었다. 왕으로서의 품위보다도 권력의 하수인으로 신하들을 이용하고, 백성 위에 군림하면서 오직 자기 살길만 모색하는 위인이라고 생각하고 있었다. 그런데 왕의 용안에 어린 까닭 모를 물기를 대하자 갑자기 애잔한 심사가 되어버리는 것이었다. 왕은 궁지에 몰려 늙어 있었다.

"신이 상감마마의 근심을 말끔히 해소할 것이옵니다."

그 순간은 진심이었다. 주변을 물린 후 김충선이 제일 먼저 뱉은 말이었다. 왕권을 유지하기 위한 고심을 목격한 순간, 그래서 하염없이 늙어 초췌한 왕의 모습을 마주 대하자 김충선의 대업을 위한 의지는 놀랍게도 흔들렸다. 그러나 그건 어디까지나 왕의 선택에 따라 또 다른 결과를 만들어 낼 수도 있었다. 선조는 영악하고, 때로는 포악하며 무자비하기도 했다. 약관의 김충선이 상대하기에 호락한 상대는 아니었다.

"너의 방도라는 것이 무엇이냐?"

김충선은 망설이지 않고 의연하게 왕을 향해서 입을 열었다.

"통제사 이순신 장군의 장계가 사라졌던 것은 전혀 전하의 의도가 아니었습니다. 애초에 그러한 일은 존재한 바가 없었습니다."

"그렇지 않음을 알고 있지 않은가?"

왕은 오히려 도발적이었다. 숨기거나 감추려 하지 않고 거대한 권력의 힘으로 정면 돌파하려 하였다. 승부를 걸어온 것이다. 과연 왕 선조는 교활하였다. 김충선도 피하지 않았다. 이순신의 장계를 꺼내 들었다.

"그 진상은 쓸모없는 낭비일 뿐이옵니다. 상감마마는 이제야 비로소 날짜가 변조된 이순신 장군의 서장을 확인하시는 겁니다."

"무슨 뜻인가?"

"본래 이 서장을 받아 온 선전관 조영은 감히 공무를 빙자하여 지방 수령들과 유흥에 취하는 죄를 범하였습니다. 그는 주색잡기에 많은 날을 탕진하다가 도성으로 돌아와서는 그 일이 탄로 날까 두려워서 통제사로부터 장계를 건네받은 날짜를 변조했던 것입니다."

"그래서?"

"선전관은 날짜를 위조하긴 하였으나 필체가 다름이 확연하게 구분되자 이번에는 장계를 아예 없었던 것으로 숨겼던 것입니다."

선조의 용안이 찌푸려졌다.

"그렇다면 이번 장계의 행방불명은 모두 선전관 조영의 단독적 범행이었단 말인가?"

"헌부에 명하시어 조사를 의뢰하시고 사실 여부를 판단하여 선전관을 파직하심이 옳은 줄로 아옵니다."

왕 선조의 행위를 완벽하게 무마시키는 방안이기는 했다. 선전관을 희생시킴으로써 왕실의 권위를 보장받을 수 있다면 그건 가치가 있는 일이었다.

"내막을 알고 있는 자들이 적지 않음이야."

왕은 염려하고 있었다.

"심려하지 마옵소서. 그들은 상감마마의 충직한 신하들이며 종묘사직宗廟社稷을 지키고자 염원하는 중신들이옵니다. 또한 그들은 왕실을 보존하기 위한 상감마마의 극단적 선택을 이해하고 납득하고 있사옵니다."

왕 선조의 표정이 매우 무거웠다. 그들이 왕실의 고뇌를 알고 있었다는 것은 의외가 아니었다. 하지만 동조해 줄 수도 있다는 기 대감이 엄습하기도 했다. 그래도 선조는 쉽사리 수락하지 않았다.

"다른 방도는 없는가? 가령 그 장계를 과인이 거둬들이고 그대를 처단한다면?"

사야가 김충선은 등골이 서늘하게 시려옴을 느꼈다.

"그것은 매우 무모하면서도 위험한 방안이옵니다."

"어째서 그런가?"

"전하께서 어이하여 그러한 치졸한 행위를 하시려는 겁니까? 통제사 이순신의 장계를 보존하기 위해서이옵니까?"

왕 선조의 안면에 근엄하고 위압적인 근육이 일시에 꿈틀거렸다.

"아니다! 통제사 이순신을 용납할 수 없기 때문이다. 그는 과인에게 이미 과도하도다!"

김충선은 잠시 호흡을 골랐다. 어쩌면 이제부터가 고비일 수도 있었다. 왜냐하면 선조는 통제사 이순신을 죽이고 싶도록 미워하기 때문이었다. 바로 그 고정된 왕의 신념을 교정시켜야만 하는 것이다.

  "소신이 먼저 전하의 뜻을 헤아린다면… 당연 그를 처벌하심이 마땅하지 않겠나이까. 기왕이면 최고의 형벌로 두 번 다시 살아서 만나는 일이 없기를 기대하시는 것이라 사료 되옵니다."

  "실로 정확하다."

  설득이 쉽지 않다는 것을 각오하고 있었다. 김충선은 자신이 취할 수 있는 모든 것을 동원하리라 마음먹고 있었다.

  "전하께옵서는 어째서 이러한 전란의 시기에, 막중한 임무의 통제사를 반드시 제거하시려 하십니까?"

  "통제사 이순신은……"

  김충선은 감히 중도에서 선조의 옥음을 가로챘다.

  "왕권을 위협하는 존재로 보시는 것이옵니까? 통제사가 반역이라도 도모할까 두려우신 것이옵니까?"

  선조는 순간 할 말을 잃었다. 이놈은 보통 닳아빠진 작자가 아니다! 라는 생각이 들었다. 동시에 죽음을 두려워하지 않고 왕에게 달려드는 것에 신기하게 여겨졌다. 참으로 괴이한 왜놈, 아니 조선놈이었다.

  "김충선이라고 했던가? 충성 충忠에 착할 선善! 과인이 하사한 이름이었다고?"

  김충선은 엎드렸다.

"조선을 향해서 착하고 충성스럽게 살아가라고, 바로 상감마마께서 작명하신 이름이옵니다. 이 김충선이 오로지 상감과 조선을 위해 간절히 원하옵니다. 통제사 이순신을 용서해 주시옵소서!"

조선의 편협하고 약삭빠른 왕 선조는 단호했다.

"그건 과인의 생각과 다르다!"

김충선이 번쩍 고개를 쳐들었다. 그의 눈에서 섬광이 일어나는 것처럼 무시무시한 광채가 번뜩였다.

"소신이 통제사의 장계를 누구로부터 얻었는지 아시옵니까?"

"궁금하지 않다. 하지만 듣고는 싶구나."

사야가 김충선은 눈도 깜박이지 않고 선조를 뚫어져라 응시하고 있었다.

"동궁전에서 입수했습니다."

선조는 별다른 표정을 내비치지 않았다. 그러나 눈가의 주름이 아래위로 파르르 경련을 일으켰다. 충격을 받은 모습이었다.

"왕세자가 지니고 있었단 말이냐?"

"아니었습니다."

"아니라? 내 허물을 약점으로 삼기 위해서 이순신의 장계를 숨기고 있었던 것이 세자가 아니라면 누구인가?"

김충선은 침착했다.

"상감께서는 세자 저하라 믿고 계신 것이옵니까?"

"동궁전에서 입수했다고 하지 않았더냐?"

"세자 저하를 경계하시고 고립시키는 상감마마의 저의는 또 무엇이옵니까? 대관절 왕위가 얼마나 대단한 것이기에 자식을 병들게 만드시는 겁니까? 지금 세자 저하는 죽어가고 있습니다!"

김충선은 이미 죽기를 각오한 사람처럼 소리쳤다. 그는 왕의 면전에서 거침이 없었다. 선조는 울컥 치밀어 오르는 감정의 덩어리를 꿀꺽 삼켰다. 이놈은 목이 대관절 몇 개나 된단 말인가? 죽음을 두려워하지 않는 놈이라니!

"과인의 용상을 넘보는 자들은 결단코 용서하지 못한다. 그것이 설사 세자라 하더라도 다르지 않다. 과인이 존재하는 한! 그런데 그 세자가 부왕을 상대로 하여 이순신의 장계 따위를 가지고 감히 기만하고 위협한단 말인가? 통제사 이순신을 세자의 충성스런 장수로 삼기라도 하겠다는 것이냐?"

선조는 권력에 대하여, 왕권에 대하여 대단한 집착을 보이고 있었다. 사야가 김충선이 선조에게 조용히 아뢰었다.

"장계는 임해군에게서 발견 되었나이다!"

28장

×

승부수
勝負手

나의 실종된 장계.

그것이 조선의 명운命運을 가른다.

광해군은 비운의 왕세자 이지만 반전을 노리고 있다.

중증을 앓고 있는 그가 가엾다.

익호장군 김덕령을 가슴에 품고 있는 그의 눈물이,

나의 마음을 움직인다.

조선의 왕은, 왕 답지 못한 왕은 그래도

마지막 선택이 다행인가? 불행인가?

-이순신의 심중일기 1597년 정유년 3월24일 갑인-

그날, 광해군은 실토했다.

"이순신의 장계를 내가 숨기고 있는 것은 사실이다. 난 부왕이 저지르려고 하는 만행의 증좌로 그것을 보관하고 있었노라."

통제사 이순신을 고문하여 어떠한 형태로든지 죽게 만든다면 민심은 크게 동요되고, 삼도수군을 비롯한 군사들의 사기가 땅에 떨어지며 선조에 대한 반감이 작용하게 될 것이었다.

"세자 저하께서는 통제사가 사사賜死 당하거나 참형斬刑, 혹은 모진 고문으로 죽음에 이르게 된다면 전국의 뜻있는 유생들과 전쟁 중의 군사들, 그리고 백성들에 이르기까지 분노할 것임을 미리 파악하고 계시는 거 아닙니까?"

김충선의 송곳 같은 예리함을 왕세자 광해군은 서투른 거짓말로 모면하려고 하지 않았다.

"물론이다. 난 부왕처럼 미련스럽지 않다. 손바닥으로 하늘을 가리는 일을 어찌 할 소냐. 부왕이 끝내 통제사를 나의 장수 익호 김덕령처럼 누명으로 죽인다면 난 이 통제사의 서장을 만천하에 공개할 작정이니라."

장예지는 그런 광해군의 모습에서 애처로움을 발견했다. 궁지에 몰려 있기에 이제는 사력을 다한 광기만이 존재할 뿐이었다.

"저하!"

"왜 내가 그리 못할 성싶으냐? 부왕이 두려워서… 무서워서…… 익호장군이 그리 참담하게 죽어갈 때처럼 쥐새끼가 되어 숨어 있을 것으로 보여 지느냐? 그런 짓은 이제 그만둘 것이다."

김충선은 짧은 시간에 상념想念 했다. 광해군은 비정상으로 보이기는 하지만 진정 그렇지는 않다. 그는 무력한 왕세자로서, 세자의 보위 자체도 불안한 상태에서 일거에 국면을 뒤집으려 하고 있다. 그는 무서운 또 하나의 권력 숭배자이다.

"조선 천지에서 개벽開闢이 일어날 것을 고대하시는 거군요. 통제사 이순신의 희생을 딛고 광해군 저하의 세상을 기대하시는 거였군요! 그렇지 않습니까?"

왕세자 광해군의 눈 밑의 그늘이 더욱 짙어졌다. 그리고 수족을 점차 부들거리면서 떨기까지 했다.

"그래…. 바로 그거다. 난 오직 그때만을 고대한다."

장예지가 놀라서 소리쳤다.

"저하, 고정하소서!"

광해군의 눈에는 초점이 보이지 않았다.

"그러나 난 두렵다! 무시무시해서, 상상만 해도 온몸이 떨려온다. 부왕은 이미 나의 술수를 읽고 있을 것이다."

사야가 김충선은 흐려지는 왕세자의 정신을 일깨우기 위해 노력했다.

"세자 저하! 지금이라도 늦지 않았습니다. 장계를 소신에게 넘겨주소서. 추호도 저하에게 누가 되지 않도록 처리 하겠사옵니다. 주상전하의 의심과 질책도 없을 것입니다. 통제사를 구원하고 저하의 불안한 심기를 해소할 것입니다."

광해군은 이순신의 장계를 확인하고 그에게는 어떤 죄목도 없다는 것을 알고 있었다. 그러나 선조는 만들 수 없는 죄를 뒤집어 씌어 통제사를 의금부로 잡아 드렸다. 그리고 백성의 신망信望에 비례하여 이순신을 철저히 응징할 참이었다. 통제사 이순신의 종말은 두터운 백성들의 믿음만큼 절망적일 수밖에 없었다. 광해군은 익호장군 김덕령의 고문 때 부왕의 서슬 퍼런 공포를 맛보았다. 익호장군을 살려 달라고 애걸하는 그에게 왕이 노성을 질렀다.

'너의 신하라고? 너를 위한 장수란 존재할 수 없음을 모르는가? 아직은 과인의 조선이니라! 넌 세자일 뿐이다! 아직은! 아직은 말이다! 그리고 방심하지 마라. 전란으로 인해서 분조를 잠시 운영했을 뿐이다. 넌 왕이 아니다. 왕을 흉내 내어서는 안 된다!'

'아바마마, 그는 충성스러운 신하이옵니다! 부디… 소자의 청을 들어주소서!'

그때 선조는 추악했다.

'김덕령의 충심은 알고 있다. 그러나 세자의 신하를 자처하였기에 과인이 폐기廢棄하는 것이다!'

광해군의 눈에서 처절한 눈물이 뚝뚝 떨어져 나왔다.

"폐기라고 하였다! 아바마마가 나의 신하에게 그렇게 말했다. 나 때문에 익호장군 김덕령은 맞아 죽은 것이다! 으으윽……"

장예지도 더 이상 참지 못하고 숨죽여 오열했다. 김충선은 왕세자가 간직하고 있는 절망과 아픔을 이해했다.

"세자저하, 옥체를 보존하셔야 합니다. 강건해야 왕권을, 보위를 차지할 수 있습니다. 부왕으로부터 자신을 지킬 수 있습니다."

광해군이 애원했다.

"날… 좀 도와주구려."

사야가 김충선은 숱한 사선死線을 경험한 무장이었다. 그것도 단순한 전쟁터에서 뿐이 아니었다. 조국을 등지는 가운데 봉착된 난관이 어디 하나 둘이었겠는가? 임기응변臨機應變이 고도로 발달된 조일인朝日人이 바로 그였다.

"장계는 통제사를 구원할 수 있습니다. 부왕과의 대립은 그 장계를 포기함으로 해소될 것입니다. 조선의 충신도 살리고 세자저하도 미혹迷惑에서 벗어나시는 길이지요."

"아바마마는 내가 그것을 은닉하고 있었다는 것만으로도 날 용서치 않을 것이다."

"장계는 동궁전에서 발견되었으나 그것의 주인은 세자 저하가 아니시면 되는 겁니다!"

광해군은 얼떨떨해하면서 김충선을 간절한 시선으로 바라보았다.

"그럼 누가 지니고 있었던 것으로 한단 말인가?"

★ ★ ★

"정녕 임해군이 소장하고 있었더란 말이냐?"

선조가 경악으로 물든 음성을 끄집어냈다. 김충선은 태연하게 시인하였다.

"동궁전으로 입궁하시던 왕자 임해군의 손에 들려 있었습니다. 황송스럽게도 왕자께서는 매우 취하시어 분별이 없으셨습니다."

임해군은 선조의 첫째 왕자였다. 성정性情이 포악하고 술과 여자를 매우 좋아하였다. 어린 시절부터 글 읽기를 싫어하고 궁녀들을 희롱하여 일찌감치 세자로서의 자질을 인정받지 못했다. 더구나, 왜란에서 왜적의 포로가 되어 그 성품이 더욱 빛나가 매일 매일을 술에 절어 살았다. 김충선은 그런 임해군을 세자 광해군을 위하여 희생양으로 삼은 것이다. 세자로부터 넘겨받은 이순신의 장계를 미리 만취하게 만든, 임해군에게서 구한 것으로 위장했다. 선조는 의심이 많은 왕이었다.

"지금 당장 확인해도 되겠는가?"

김충선은 당당했다.

"어느 안전이라고 거짓을 고하겠나이까?"

술에 만취한 임해군이 그 장계가 자신의 손에 들리게 된 까닭을 어찌 알 수 있겠는가. 선조는 잠시 생각에 잠기었다. 술만 먹으면 아직도 자신이 왜군에게 사로잡혀 있다는 망상 속에서, 주위 신하들에게 칼을 휘두르고 욕설을 퍼붓는 등 제정신이 아닌 그를 추궁해 본들 무엇을 알 수 있으랴. 그 사이에 사야가 김충선은 왕과 전면전을 치르고자 기선 제압에 나섰다.

"전하, 끝내 통제사 이순신의 죄를 물어야 하시겠나이까? 그 무모함으로 조선의 위기가 찾아올 것입니다. 소신은 일곱 살 때부터 일본의 전쟁터를 누볐나이다. 비록 나이는 어리지만 이십 년간을 생사지간에 노출되어 투쟁해 왔습니다. 이제 몸에 밴 것은 동물과도 같은 직감입니다. 소신의 직감이 말하옵니다. 수군에서 통제사 이순신 장군이 사라진다면 그건 일본이 가장 원하는 일이고, 우리 수군은 패전을 면하기 어렵나이다. 남해 바다를 저들에게 내어 준다면 결국 조선은 임진년과 같은 참화를 당할 것입니다. 상감께서는 아마 명국의 천병天兵을 거론하실 것이오나, 소신이 그들과 협공에 임했었던바, 그들의 전의戰意라는 것은 바람에 날리는 티끌과도 같은 것이어서 우리와 같은 집념, 용기는 전혀 없사옵니다. 또한 명국은 여진의 누르하치가 후금을 선언하고 국경선을 범하고 있으므로 종국에는 조선을 도와줄 수 없는 형편이옵니다. 조선은 우리 조선인의 손으로 방비해야 합니다. 이러한 시기에 유능한 수군의 장수를 욕보이는 것은 절대 삼가야 하는 일인줄 아뢰옵니다. 통촉하소서!"

조일인 김충선은 그저 한낱 무장에 불과하지 않았다. 선조 역시 간교奸巧하기는 하지만 일국의 통치자였다.

"과인이 설마 그 정도도 모를리가 있겠는가. 그에게 가혹했다."

믿기 어려운 발언이 왕에게서 흘러나왔다. 김충선은 새삼 느끼지 않을 수가 없었다.

'이것이 조선의 왕이로구나! 이것이 왕실이구나!'

왕이 지니고 있던 편협함과 약삭빠른 행위와 치졸함이 이 순간만은 용납되었다. 그래도 그는 일국의 군주였다.

"그는 실상 훌륭한 수군의 장수이다."

김충선은 감읍하여 고개를 연방 조아렸다.

"황공하옵니다. 통제사의 역량으로 조선 수군이 강맹할 것이며 그 은덕으로 왜적의 재침략을 봉쇄할 수 있나이다. 이순신 함대는 남해의 자랑이며 희망이옵니다!"

"하지만…… 이대로 왕권의 부실함을 보여줄 수는 없지 않는가!"

"기회를 주옵소서!"

"기회는 그대들이 주는 것이지."

김충선은 왕의 의중을 읽었다. 만일 선조의 아집이 걷잡을 수 없었다면 어떤 결과를 초래할지 모르는 상황이었다. 왕은 그래도 현명했다. 광해군과의 첨예한 대립을 고려했을 것이며 무엇보다도 장계의 출현과 통제사 이순신에 대한 민심이 부담이었을 것이다. 그리고 결정적인 것은 김충선이 지적했던, 바로 후금後金을 꿈꾸는 건주여진建州女眞 오랑캐의 약진이었다. 임진년에 족장 누르하치는 조선에 대하여 파병派兵을 제의하여 함께 왜적을 물리치고자 권유했었으나 조선은 오랑캐와 손을 잡을 수 없다며 거절했었다. 5년여가 지난 지금 건주여진은 명나라가 부담스러울 정도로 국력이 성장한 것이다. 김충선은 해결 방안을 꺼내 놓았다.

"장계는 다시 예조로 보내겠나이다. 미리 말씀드렸으나 이 모든 오해는 선전관 조영이 통제영에서 이순신 장군의 장계를 받아 오는 도중에 실수로 유실遺失하고, 그 죄가 두려워서 장계를 위조하고 숨긴 데서 비롯되어진 것입니다."

통제사 이순신에게 관련된 가장 큰 죄목인 어명을 거역한 불경죄를 선전관 조영의 실수와 잘못으로 몰아가자는 내용이었다. 김충선의 재차 강조한 제안은 왕의 체면이 전혀 손상되지 않는 기발한 방도였다. 왕 선조는 부산으로의 함대 이동을 회유해 달라는 이순신 장계의 내용을 한번도 본 적이 없었기에 오해를 했었던 것으로 마무리하자는 것이 아닌가. 약삭빠른 선조가 마다할 리가 없었다.

"그리하도록 하자. 과인은 금일 처음으로 통제사 이순신의 장계를 마주하는 것이다. 그것을 올려라!"

사야가 김충선은 왕에게 다가서며 두 손으로 공손히 통제사 이순신의 장계를 올렸다. 왕은 이미 오래 전에 확인했던 내용이었다. 그것을 무시하고, 하루가 다르게 왕권을 위협해 오는 이순신을 제거하고자 했었다. 하지만 도승지의 은밀한 전갈에 의하면 이미 장계의 출현을 영의정 유성룡은 물론이고, 도원수 권율, 홍의장군 곽재우, 거기다가 병조판서 이항복까지 확인했다고 하지 않던가. 그 이상 선조는 무리수를 둘 수가 없는 것이다. 왕은 사야가 김충선에게 더 장계에 관한 이야기를 함구하고 화제를 돌렸다.

"자헌대부, 과인은 주변국에 대한 그대의 식견識見을 높이 평가한다. 왜국과 명국, 그리고 오랑캐 여진에 관하여 더 들려줬으면 싶은데 어떠하냐?"

"성은이 망극하옵니다."

사야가 김충선은 엎드려 고개를 깊이 숙였다. 이제 통제사 이순신을 사지로부터 구원할 명분은 확보했다. 그렇다면 이제 백성을 위한 혁신의 정권을 꿈꾸게 된 이순신은 어찌 되는가? 하지만 복잡한 술수로 요동치는 정국과는 달리 김충선은 매우 단순했다.

'장계는 명분을 주었다. 이제는 새 하늘을 열어야 한다!'

＊ ＊ ＊

어전을 서둘러서 나서고 있는 김충선 앞에 도승지 오억령이 젊은 관리와 함께 기다리고 있었다.

"사헌부 지평 강두명이라 합니다. 장군의 명성을 들어 알고 있지요."

김충선은 그가 왕 선조의 주구라는 것을 알고 있었다. 간악하고 교활한 관리로 뇌리에 새겨져 있는 위인 아니던가. 이 시각 그의 등장은 심상치 않다는 생각이 엄습했다.

"김충선입니다."

"통제사의 방면을 위해 애쓴다고 들었소이다."

"도와주십시오."

김충선은 고개를 숙였으나 강두명은 의미를 알 수 없는 실소를 흘렸다.

"마땅히 죄가 없다면 방면되겠으나 통제사는 죄상이 적나라 합니다."

김충선은 구태여 상종할 필요가 없다는 판단이 들었다. 왕 선조와 담판을 지었으니 물의를 일으킬 필요는 없었다. 김충선은 그들을 외면하고 발길을 돌렸다. 등 뒤에서 비웃음 소리가 들려왔다.

"기개가 왕성한 장수라도 들었는데…? 역시 소문난 잔치에 먹을 게 없는 법이라는 말이 맞는 거 같습니다. 하하핫--"

김충선의 안면에도 조소가 어렸다.

'그래, 소문난 잔치가 어떤 것인지 앞으로 알게 될 것이다.'

그런데 정릉동 행궁 앞에서 기다린다고 약조했던 장예지는 어디론가 감쪽같이 사라지고 보이지 않았다.

'그녀가 어디로 갔는가?'

김충선은 불안감이 엄습했다. 장예지를 찾아서 반나절 이상을 육조거리와 안국동, 청계천 수표교 등으로 허둥지둥 맴돌았다.

'기다리겠어요!' 하며 미소 짓던 마지막 모습만이 아련했다. 정신없이 뛰어다니다가 여진으로 돌아갔으리라 짐작했던 일패 공주 아율미와 마주쳤다. 그녀는 몽고말 위에서 다소 오만한 자세로 김충선을 내려다보고 있었다.

"도성으로 언제 다시 돌아온 것이요?"

"그 질문은 내가 묻는 말에 대답한 후 나도 답변하겠어요."

김충선은 장예지의 실종으로 마음이 몹시 초조하였다. 주변을 두리번거리면서 건성으로 대충 답변해 주었다.

"어서 물어 주시오."

"혹시 지금 사방으로 찾아다니고 있는 대상이 그녀 예지 낭자인가요?"

순간, 철렁 가슴이 내려앉았다. 장예지에게 무슨 일이 발생한 것이다. 불길한 예감이 엄습했다.

"그녀를 보았소?"

"만났지요."

아율미는 천연덕스럽게 대꾸했다.

"어디서요?"

"궁궐 앞에서 요염하게 어떤 분을 기다리고 있더이다."

아율미는 서슴없이 요염하다고 예지 낭자를 폄하貶下했다. 김충선은 지금 그것을 따지고 싶지 않았다.

"어디로 가더이까?"

일패공주 아율미는 잠시 사악한 미소를 입가에 담았다.

"나의 이야기를 듣더니 무악재 방향으로 냅다 뛰어가더이다. 아마도 울면서."

사야가 김충선은 그대로 벼랑 아래로 추락하는 기분이었다. 대관절 어떤 일이 벌어졌던가? 맥박이 빨라지고 호흡이 거칠어졌다.

"그녀에게 무슨 이야기를 하였소? 내기에 졌다고 분풀이라도

한 것이요?”

아율미는 얄밉도록 반응했다.

“처음에는 깨끗이 물러설 생각이었어요. 그러나 국경을 넘어서 건주위로 귀국하려니 내가 참 한심스러워지더군요. 수년간을 마음에 두고 있던 사내를 다른 계집에게 넘겨주고 쓸쓸히 포기한다는 것은 여진의 공주다운 행동이 아니지요. 그래서 포기하지 않고 투쟁을 결심했어요.”

김충선은 아득한 심정이 되었다. 이제 비로소 모든 것이 해결되는 시점이 아닌가.

“김덕령 장군에 대한 비사를 털어놨어요.”

“비사라니요?”

“당신에게 고백을 강요하지는 않았으나 사야가 김충선은 능히 김덕령 장군을 구해낼 수도 있었으나 그러지 않았다고요.”

김충선은 그대로 주저앉고 싶었다.

“그건……?”

“예지 낭자를 마음속에 품고 있었으므로 옥중 김덕령을 외면했다는 그 진실을 명확하게 전달했지요.”

일패공주 아율미의 교묘한 술수에 예지 낭자가 말려들었단 말인가? 사야가 김충선이 분노했다.

“그런 거짓말을!”

일패공주 아율미는 비정했다.

“거짓이 아니라 진실이죠. 당신은 몇 번이고 김덕령을 구해낼 재주가 있잖아요. 그걸 포기한 것은 본인 자신이죠!”

예지 낭자는 이제 간신히 마음을 추스린 사람인데. 그녀의 충격은 얼마나 컸을까? 김충선은 어서 그녀의 뒤를 추적하리라 마음먹었다. 그런데 그때 문제가 발생했다.

"죄인은 꼼짝 말라!"

종이 울리는 것과 같은 고함과 더불어서 내금위 군사들이 우르르 몰려와서 김충선의 주변을 포위했다. 그들의 무장한 창이 겨누어졌다. 화승총도 동원되어 김충선을 노렸다.

"이게 무슨 짓이요?"

내금위 군사들 틈에서 사헌부 지평 강두명이 걸어 나왔다. 그의 입꼬리에는 비릿한 음모의 미소가 걸려있었다.

"김충선, 그대를 선전관 조영을 살해한 혐의로 추포한다!"

29장

×

이
순
신
의
꿈

모반이다.

김충선이 기어코 일을 저지르고 말았다.

왕을 시해하고 역모逆謀를 일으켰다.

세자를 앞세워 옥문을 열고 나를 구출했다.

새롭게 왕이 된 세자가 내게 왕명을 내렸다.

왜나라 본토를 공격하라!

돌격의 거북선을 선두로 판옥선을 거느리고 출동했다.

이순신의 함대가 왜를 초토화 시키겠노라!

나의 강력한 함대는 반드시 바다를 장악하며,

불패의 신화로 마감될 것이다!

-이순신의 심중일기 1597년 정유년 3월 25일 을묘-

비명이 들려왔다. 남해의 소금기에 잔뜩 찌들은 병사들의 단말마斷末魔가 귀청을 찢어대고 있었다. 판옥선의 화포가 불길을 토하고 범람하는 적선의 북소리는 점점 더 메말라 갔다. 그을린 시첫더미가 바다를 인육으로 뒤덮고 메케한 화약 냄새와 피비린내가 진동 하였다. 거기서 시체를 건져 올렸다. 그들의 수급을 베어 조정에 올리고 승전의 기쁨과 병사들의 공로를 인정받아야 했다. 물에 퉁퉁 불어버린 몸통에서 머리만을 베어내는 것은 쉽지 않은 작업이 필요했다. 시퍼렇게 갈아 놓은 작두를 누군가가 대기했다. 그 작두날 사이로 머리 하나가 턱 하니 올라왔다. 어디선가 본 적이 있는 낯익은 얼굴이었다. 이순신은 작두를 밟으려는 병사를 제지하고 그 얼굴을 가만히 바라보았다. 제 얼굴이었다.

　"허헉!"

　이순신은 식은땀을 흘리면서 벌떡 몸을 일으켰다. 꿈치고는 섬뜩한 흉몽이라 생각했다. 작두 위의 낯선 얼굴은 자기였다.

"해괴한 꿈이로다."

냉기가 엄습하는 수옥의 바닥으로 인해서 몸을 뒤척일 때 밖으로부터 조총 소리가 연달아 울렸다. 미명未明의 감옥 내부는 아직 잔잔한 어둠이었으나 총성으로 깨어졌다. 매우 촉박한 발자국 소리와 함께 인기척이 났다. 이순신의 머리는 몽롱하기 그지없었다.

"장군!"

황망히 이순신을 부르는 소리가 있었다. 군관으로 자신을 지켜주던 전 종사관 정경달이었다. 이어서 장남인 이회와 차남 이울이 뛰어 들어왔다. 그들의 얼굴은 흥분의 기색이 역력했다. 이순신은 가슴이 덜컹 내려앉았다. 이순신은 몽롱한 상태에서 탄식을 토해냈다.

"아뿔싸, 기어코 일을 저질렀느냐?"

사야가 김충선이 초연 냄새가 가시지 않은 화승총을 거머쥐고 진입했다. 그는 매우 침착해 보였고 당당한 걸음걸이었다.

"모두 장군을 기다리고 계십니다."

"난 가지 않을 것이다. 이미 경고 했거니와 나라의 위기를 틈타 새로운 역사를 개척하고자 하는 것은 내가 원하는 길이 아니다!"

김충선과 아들들이 무릎을 꿇었다. 정경달도 바싹 엎드렸다.

"장군을 위한다고 생각지 말아 주십시오. 나라가 위태롭습니다."

"아버님의 뜻을 소자들이 어찌 모르겠습니까. 하지만 이제는 하늘의 뜻을 거역하지 말아 주십시오."

통제사 이순신의 얼굴에 노여움이 가득했다.

"얼빠진 놈들! 무엇이 하늘을 거슬리는 행동인지 진정 모르는가?"

"신 반쪽 조선인 사야가 아뢰옵니다. 통제사 영감은 왜적을 몰아낼 수 있는 유일한 장군이십니다. 장군이 이곳에 머무르시게 되면 호남의 남해 바다는 끝장입니다. 왜적은 이제 서쪽으로 북상하여 조선을 초토화시키고 명국으로 질주할 것입니다. 그 누구도 조선을 지킬 수 있는 장수가 존재하지 않습니다."

"그런 소리로 날 현혹하지 마라. 조선의 명장이 어디 나뿐이냐? 그리고 육지에서는 행주산성의 신화를 이룩한 도원수가 계시다!"

불쑥 그들의 뒤편에서 권율이 모습을 드러냈다.

"날 찾으시는가? 말씀은 고마우나 나 홀로서 어찌 조선을 지킬 수 있는가? 내가 명장인 것은 장군과 같은 장수가 존재해줘야 하는 법일세."

이순신은 크게 놀랐다. 의금부의 수옥으로 도원수 권율이 직접 나섰다는 것은 무엇을 의미하는가?

"도… 원수께서……?"

"그렇다네. 이 사람은 그럼 어떤가?"

중후한 목소리와 동시에 영의정 유성룡이 모습을 드러냈다. 이순신은 절로 신음을 토해냈다.

"영상 대감도 납시었소이까? 이럴 수는 없습니다. 막중한 국가대사를 좌우 하시는 분들이 이 보잘것없는 사람을 위해 행보 하시다니요? 이건 아닙니다."

"맞아요. 저도 그렇다고 생각합니다. 장군의 곁에는 저와 같은 사람이 어울리지 않습니까?"

홍의장군 곽재우도 웃으며 등장했다. 이순신은 목전에 펼쳐 지고 있는 일련의 사태들을 믿을 수가 없었다. 그렇지만 분명 그들은 이순신을 지지하기 위해 나서준 것이다. 이건 사야가 김충 선만이 만들어 낼 수 있는 기적에 가까운 일이었다. 조선 조정의 최고봉인 영의정과 군통수권자라 할 수 있는 도원수, 게다가 전 의병의 정신적 지주인 홍의장군 곽재우까지 총동원되었다.

"이 나라 조선의 가장 충성스러운 분들이 한자리에 모였다니 새삼 가슴이 벅차오르긴 합니다."

"역시 마찬가지요! 통제사."

정경달이 이순신을 부축했다.

"일단 여기를 빠져 나가셔야지요."

이순신은 정신을 가다듬으며 그들을 둘러보았다. 신뢰와 감 격에 벅찬 시선들이 이순신에게로 쏟아졌다.

"내게 원하는 것이 무엇입니까?"

유성룡이 빙그레 웃었다.

"왜나라 교토의 기습 공격을 감행해야 하지 않겠소? 이 장군 이 원하던 작전을 이제 승인 하셨소이다."

통제사 이순신의 눈이 휘둥그레졌다.

"사… 사실인가?"

이순신의 시선을 의식하며 김충선이 대답했다.

"전하께서 윤허하셨습니다."

"상감마마라 하시면?"

장남 이회가 부친을 올려다보았다. 눈물이 그렁그렁 하였다.

"아버님, 세자 저하이신 광해군께옵서 새 임금으로 등극하시어 첫 번째 명이 아버님의 방면과 왜적의 본토 공격을 수락하셨습니다."

이순신은 꿈을 꾸는 것만 같았다. 그리고 그것은 정녕 현실이 아니었다. 환상이며 환몽과도 같았다. 꿈에서 깨어났다고 믿었으나 여전히 꿈이었다.

"새로운 임금이시란 말이지?"

이울이 눈물을 주르르 흘리면서 부친 이순신의 손을 잡았다.

"선왕은 폐위되었습니다. 군사들에게 포위당한 채 정릉동 행궁의 집무실에서 스스로 목을 매고 자진하였습니다. 당연히 아버님의 무고도 밝혀졌습니다."

왕이 죽었다. 선조가 스스로 목숨을 끊었다는 사실에 이순신은 침음하였다. 그렇게 허무하게 사라질 것이었으면서 왜 끝까지 무모한 경계를 하였는가? 신하를 질투하고 모함하여 무엇을 얻고자 했던가? 이순신은 갑자기 서글퍼졌다. 자신을 철저히 망가뜨리려 했던 선조의 마지막은 비참했으리라는 생각이 들었다. 그를 위한 눈물보다는 나라와 백성의 안위로 인해서 울컥 마음이 격랑을 일으켰다.

"나의 함대는 이제 왜적의 심장부로 향한다!"

뜨거움이 치솟았다.

* * *

함대는 목표 지점을 향하여 순항하였다. 돌격선인 귀선을 선두로 하여 판옥선 30척과 어선과 상선을 개조한 수송선 58척이 남해를 빠져나와 동해상으로 항로를 잡았다. 판옥선은 이순신 연합함대 중 경상좌수영 소속 10척과 전라좌수영 10척, 전라우수영 10척이 동원되었다. 급조한 화물선에는 격군格軍을 제외하고는 의병장 곽재우의 의병 800명과 삼혜의 승병 450여 명, 그리고 김충선의 철포부대 300명이 승선하였다. 판옥선에는 이순신의 수군으로 10척을 조직하고, 나머지 20척에는 권율 도원수로부터 지원 받은 장군 정기룡과 정예 육군 병력이 충원되었으며 판옥선을 운항하기 위한 최소한의 수군 즉 기패관旗牌官과 훈도訓導와 사공沙工으로만 채워졌다. 다시 말해서 조선의 전투 함대 판옥선의 20척은 전함의 목적이 아닌 병력 수송의 목적으로 바뀐 것이다. 따라서 이들 판옥선에는 사부射夫나 화포장火砲匠, 방포수放砲手 등은 최소 인력만을 동원하였다. 일종의 모험이기도 했지만 이것은 이미 오래전에 계획된 전술이었다. 사공으로는 배의 키를 조정하는 조타수操舵手와 돛의 줄을 전담하고 대창으로 적을 공격하는 요수, 닻을 전적으로 다루고 뱃머리의 공격과 수비를 맡고 있는 정수 등 10여 명이 전부였다. 100명 정도의 필요한 격군 중 반은 육군의 군사들이 번갈아 가며 노를 잡았다. 따라서 20척의 판옥선에는 정예 육군병력이 150여 명씩 약 3000여 명 승선할 수 있었다.

"이번 기습은 왜적의 심장부를 점령하는 겁니다! 가장 신속하게 행동하여 교토에 입성, 고요제이천황後陽成天皇을 사로잡아야 합니다."

김충선의 설명을 듣고 있는 의병장 곽재우와 진주성 전투에서 맹활약을 펼쳤던 정기룡 장군은 자신들도 모르게 불끈 피가 끓어올랐다. 일본의 내륙으로 침투하여 천황의 가문을 기습 공격한다는 것은 꿈에도 생각지 못했던 일이었다. 도발적인 흥분과 긴장으로 좀처럼 잠을 이룰 수가 없었다. 그래서 선상으로 나와 밤바다를 응시하는 김충선을 찾아온 것이었다.

"기습의 원칙에 충실하면 됩니다. 신속함과 정확도만 있다면 우린 충분히 성공할 수 있습니다."

이 사내는 언제 보아도, 언제 만나도 늘 자신감으로 충만해 있다고 곽재우는 생각했다. 정기룡 장군이 물었다.

"교토를 점령하면… 과연 조선의 전쟁을 끝낼 수 있을까요?"

"반드시 그리 됩니다."

김충선은 망설이지 않고 대답했다. 그는 이미 이번 작전을 위해 만반의 채비를 하고 있었던 터였다. 오래전에 일본에 잠입하여 도요토미 히데요시와 패권을 다투던 도쿠가와 이에야스를 접촉하고 밀담을 나누었다. 그들의 밀약은 당시 성사되지 않았으나 왜란이 멈추지 않는 한 유효한 것으로 김충선은 믿고 있었다.

"왜들 나와 계시오?"

이순신이 선실로부터 나오며 그들을 둘러보았다. 통제사의 뒤에는 평소 그를 그림자처럼 뒤따르던 조방장 정대수와 전 종사관 정경달이 수행하고 있었다. 곽재우는 동해 바다를 가르는 판옥선과 수송선단을 손가락으로 가리켰다.

"이 바다를 가로질러서 왜적의 소굴을 질풍노도로 휘몰아칠 것을 생각하니 어찌 잠이 쉽사리 오겠소이까?"

"그렇습니다. 조선이 당한 피의 복수를 할 수 있다니 가슴이 벅차올라서 진정이 아니 됩니다."

도원수 권율의 추천으로 이번 기습전에 참여한 육지의 정기룡 장군은 비장한 어조였다. 더욱이 그는 진주성 전투 당시에 사랑하는 아내를 왜적에게 잃었다. 또한 상당수의 가솔들이 비참하게 죽임을 당하여 그 원한이 골수에 맺혀 있는 상태였다. 이순신은 그러한 심정을 잘 알고 있는지라 새삼 당부를 잊지 않고 있었다.

"정 장군! 우리의 임무는 최소한의 희생을 감수하며 전쟁을 끝내는 것이외다. 왜적의 학살이 목적이 아니라 교토의 천황을 급습하는 것이요! 이 점을 한시도 잊어서는 안 됩니다."

"물론입니다. 장군, 본연의 임무를 어찌 소홀할 수 있겠소이까. 다만, 왜의 천황은 권위만을 지니고 있을 뿐이며 실상 그 권력의 힘은 관백 히데요시가 지니고 있다는 게 아닙니까? 우리는 오사카 성의 히데요시를 공략하는 것이 순서가 아닐까요?"

이순신은 가볍게 고개를 양옆으로 저었다. 이미 그 부분에 관해서는 반쪽 왜인인 사야가 김충선으로부터 왜의 정국에 대한 자세한 내막을 보고 받았으며 그에 따른 전략을 수립한 것이었다.

"비록 히데요시가 왜를 통일하여 독주를 하고 있으나 일본의 이인자인 이에야스의 세력이 호시탐탐 정권 탈취의 기회를 엿보고 있기 때문에 우리가 천황을 생포하게 되면 히데요시는 크게 당황하게 될 것이고, 이에야스는 히데요시에 대한 압박의 명분을 갖게 되는 겁니다."

"그럼… 이에야스의 군대가 히데요시와 대립을 하게 된다는 말입니까?"

김충선이 눈빛을 반짝였다. 이미 그의 뇌리에는 앞으로 벌어지게 될 일본 교토 정벌의 파국이 선명하게 떠올랐다.

"히데요시는 내부의 전란을 종식한 후 그 후유증을 밖으로 돌리고자 영주들에게 명분 없는 전쟁을 지시하였습니다. 반대의 여론을 묵살시키고 독선적인 행위를 서슴지 않았습니다. 히데요시는 전쟁광으로 기슈의 철포가문이던 우리 사야가당을 몰살시키기도 했지요. 더욱이 조선을 침략하여 무수히 많은 무고한 희생자들을 발생시켰고, 우리는 고요제이천황을 통하여 이에야스에게 분명한 대의명분을 전달하게 될 것입니다. 그들은 충돌할 것입니다."

"이번 전쟁의 원흉인 히데요시는 결국 일본 내의 견제 세력과 일전을 치러야 할 것이며 조선으로 파병한 군사들을 급히 불러들이지 않으면 안 될 것이겠군요."

"자연 조선과의 전쟁은 마무리 될 것이고……"

"그리 된다면 얼마나 좋겠습니까? 조선에 평화가 찾아오는 거 아닙니까. 반드시 이번 작전을 성공리에 마무리 지어야 할 겁니다.”

김충선은 전의를 불태우는 조선의 장수들을 마주 보면서 신념으로 가득 찬 목소리를 내었다.

“실패 확률은 매우 적습니다. 단지, 본토내의 상황에 따라서 우리들의 생사를 보장 할 수는 없습니다.”

조방장 정대수가 사내답게 소리쳤다.

“죽음이 두려웠다면 어찌 장부가 되었겠소이까. 더구나 이번 공격으로 나라의 평화를 되찾을 수 있다면 기꺼이 목숨을 던져야 할 가치가 있지 않습니까. 후회는 없습니다.”

김충선이 고개를 끄덕였다.

“천황을 사로잡은 후 즉각 퇴각하여 함선으로 뒤돌아 와야 합니다. 비록 오사카 성은 교토에서 지척 간이긴 하지만 무모할 필요는 없습니다. 잠시라도 주춤거리게 되면 고립되고 말 테니까요.”

동해의 바닷바람을 조선의 함선들이 가슴으로 껴안고 있었다. 파도를 가르는 판옥선의 뱃머리 위에서 이순신과 장수들은 적진에서의 고립을 염원하고 있는지도 몰랐다. 위기는 바로 고립의 그때일 것이다. 그들은 왜로 돌진하는 조선 함대의 위용을 감격스러워하면서 이 바다가 고립 되어지지 않기를 간절히 기원했다. 그것은 매우 상반된 마음이었다. 죽기를 각오하면서 또 살아나기를 맹렬히 희망하는 오늘이었다.

30장

×

교토정벌

흐림.

조선의 함대는 강하다.

나의 함대는 더욱 강하다.

최초로 조선의 군대가 왜나라 내륙을 기습하였다.

수군을 제외하면 사 천이 넘는 병력이었다.

판옥선의 조선군들이, 의병과 승병들이 반드시 교토를

점령하고 천황을 사로잡아 항복을 받아 내리라!

조선의 평화를 파괴한 대가를 지불하게 할 것이다.

이순신 함대의 승리를 위해!

-이순신의 심중일기 1597년 정유년 3월 26일 병진-

야음을 타고 김충선의 철포대와 곽재우, 정기룡 장군의 주력 정예 부대까지 일본의 해안으로 무사히 상륙했다. 이순신도 판옥선에서 내려와 최종 전술 점검에 합류했다.

"선봉은 사야가의 철포대로 하고 그 측면을 곽 장군의 의병과 삼혜의 승병으로 삼습니다. 정기룡 장군의 정예병은 후방에서 지원하며 따를 것입니다."

"언제까지 후방 지원만 하라는 것은 아니시겠지요?"

정기룡의 시선이 작전을 지시하는 이순신에게 머물렀다.

"내륙으로 진입하면 김 장군이 별도의 작전을 하달할 것입니다. 분명히 말씀드리지만 이곳 왜의 지형에는 김충선 장군이 유리할 것이니 그의 지시에 따라 주시길 부탁드립니다."

홍의장군 곽재우와 승병장이 동시에 대답했다.

"알겠습니다."

"난 그동안 무장하고 있는 판옥선 10척을 이끌고 동남간의 해안을 순회하면서 왜선의 동향을 관찰할 것이요. 정 장군의 군사 중 일부는 이곳 해안에 주둔하면서 판옥선과 수송함을 방비하시오."

정기룡이 고개를 끄덕이며 김충선에게 고개를 돌렸다.

"후방 부대의 지원 병력을 어느 정도 생각하고 있소?"

"교토까지는 우리를 상대할 군사들이 주둔하고 있지는 않을 것입니다. 다만, 그곳을 점령하게 되면 오사카성의 히데요시 정예 병력 3천과 근교의 영주 휘하의 병력 5, 6천이 급파될 것입니다. 또한 나고야에서 대기하고 있던 예비 병력 5만 명의 이동이 예상됩니다."

전원의 표정이 어두워졌다. 아군의 병력은 수군을 제외하면 4천여 명에 불과하지 않은가.

"따라서 우리의 기습은 목표지점을 함락한 후 그 즉시 후퇴합니다. 천황을 인질로 삼고 퇴각하면서 3차례에 걸쳐서 매복 병력을 설치할 것입니다. 바로 여기, 여기……"

김충선은 지도를 펼쳐 놓고 교토로 향하는 길목의 몇 군데를 손으로 짚으며 설명했다.

"교토에서 퇴각하는 우리를 오사카의 히데요시군이 추격해 올 겁니다. 그때, 이곳에서 1차 저지하십시오. 적들은 상당히 당황하고 많은 피해를 입게 될 것입니다. 우리 역시 전원 반격을 가할 것이고요. 적이 일단 물러나게 되면 우린 또 다시 해안을 향해 퇴각합니다."

"2차, 3차 매복 역시 같은 전술을 구사하여 왜적의 추격 의지를 꺾어야겠지요.”

“그렇습니다. 그 뒤로는 조심스럽게 추격해 올 것이고 우린 시간을 벌어서 빠져나갈 수 있습니다.”

이순신이 마지막으로 당부했다.

“우린 천황을 사로잡고자 왔소. 불필요한 행동은 절대 자제하시기 바라오. 또한 군사들에게 민간 백성의 살상을 금하고 조선 군인으로서 명예롭게 행동하라 주지시키시오!”

“명심하겠습니다!”

드디어 출동이었다. 김충선은 철포대를 이끌고 전방으로 진격하였다. 그 뒤를 곽재우의 의병부대와 삼혜스님의 승군이 일사불란하게 움직였다. 지난 수년간 전쟁으로 단련된 그들의 몸놀림은 임진 초기와는 전혀 달라 있었다.

“우리가 왜나라를 쳐들어 왔다!”

“왜적의 심장부를 기습 공격이다.”

“전쟁을 조기에 마감하기 위해서 우리가 왔다!”

조선의 군사들과 의병 등은 사기가 올라 있었다. 그들의 출현에 놀란 것은 왜나라의 선량한 백성들이었다. 김충선은 철포대를 이끌고 민첩하게 교토로 향하였다. 그는 오로지 한 가지 목표뿐이었다. 가장 이른 시간에 왜나라 천황을 사로잡는 것이었다.

★ ★ ★

이순신은 군사들을 육지로 투입시키고 판옥선과 수송선을 정박시킨 후 수군 정예병을 승선시킨 판옥선 10척만을 운항하여 해안을 따라 이동 항해를 시작했다. 반나절쯤 동남풍을 타고 순항하던 중 갑자기 정대수가 소리쳤다.

"적의 함선입니다!"

왜적의 함대였다. 조선으로 향하는 대량의 보급선과 그 수송을 호위하기 위한 왜의 안택선을 바다 위에서 만난 것이다. 그들은 왜의 영해이기에 위험을 전혀 감지하지 못하고 있었다.

"전 함대 돌격 진형으로!"

이순신의 명령과 동시에 수신호와 깃발신호가 동시에 판옥선의 수장들에게 전달되었다.

"전원 전투태세로 돌입한다! 함포장과 포수는 발포준비 하라! 사부는 위치로!"

판옥선은 일자 형태를 이루며 적의 함선과 보급선을 향하여 접근하였다. 그때야 비로소 왜의 함선에서 반응이 일어났다. 이순신은 목청을 돋구었다.

"발포하라!"

전 판옥선 함대에서 일제히 포 사격이 개시되었다. 천자총통天字銃筒을 비롯하여 지자地字, 현자玄字, 황자黃字 등 대형 화포들이 포문을 열었다.

"함포사격 개시!"

조선의 함포는 왜적의 선박에서는 볼 수 없는 우수한 무기로 중무장 되어 있었다. 그 때문에 육지에서는 왜의 조총으로 고전을 면치 못했지만 바다에서는 우세를 보일 수가 있었던 것이다.

벽력같은 굉음이 울리면서 포탄이 왜선을 향해 날아갔다.

"왜놈들의 해역이라 그런지 아주 신명이 난다!"

사도첨사 김완은 자신이 선장으로 지휘하는 판옥선 위에서 어깨춤을 추고 싶을 지경이었다. 이것은 역시 다른 판옥선을 각자 지휘하는 군관 송희립, 해남 현감 유형도 마찬가지였다.

"조선 해역에는 아예 뱃머리도 올려 두지 못할 정도로 아작을 내버리자고!"

왜의 안택선과 보급선이 우왕좌왕하기 시작했다. 적중된 함선에서는 일제히 불길이 치솟으며 비명이 바다를 뒤덮었다. 조선으로 수송하려던 재침략의 보급물자가 활활 타오르고 있었다. 왜의 안택선의 수군들이 보급선을 지키기 위해서 돌격해 왔다.

"믿을 수가 없구나! 우리 일본의 해역에 조선 수군이라니! 대항하라!"

안택선의 공격 방법은 주로 배와 배끼리의 접근을 통하여 조총 공격과 상대의 갑판으로 줄과 사다리를 이용해 침범하는 돌격전이었다. 왜나라 수군의 백병전白兵戰은 타의 추종을 불허할 정도로 뛰어난 실력을 지니고 있었다. 그들은 백 년간의 전란 속에서 무사로서의 대결과 전투력이 배양되어 있었으므로 기실 수군으로 보다는 육지군으로서 월등하였다.

"절대 접근을 허용해서는 안 된다! 격군들을 독려하면서 치고 빠지고 다시 거리를 유지하며 포격하라!"

통제사 이순신은 상대의 약점을 정확히 포착하고 있었다. 판옥선으로 기어오르려는 적의 안택선을 교묘하게 유인하면서 사격을 가했다. 순식간에 왜적의 안택선 7척이 침몰하고 4척은 불타오르며 반파되었고 2척만이 간신히 도주하였다. 보급선은 20여 척이 파괴되었다. 이순신 함대의 완벽한 승리였다.

"장군, 감회가 남다르옵니다. 왜의 해역에서의 승리는 또다른 기쁨이옵니다!"

조방장 정대수가 환호성을 질렀다. 이순신 역시 남해 바다에서의 승리감과는 비교되지 않는 희열을 맛보고 있었다.

"교토로 기습공격을 나선 우리 군사들도 이러한 승리감을 맛보았으면 얼마나 좋을까?"

* * *

탕!

김충선의 화승총에서 불꽃이 터졌다. 그것을 신호로 철포대의 화승총이 발사되기 시작했다. 교토의 외곽을 경비 하던 왜군들이 우수수 짚더미처럼 넘어갔다.

"돌격이다! 한놈도 놓치지 마라."

홍의장군 곽재우는 적의를 휘날리며 선두에서 의병들을 지휘하였다. 그 역시 감격에 벅찬 돌격장의 모습이었다. 왜나라의 내륙에서 전쟁을 벌이는 것은 상상도 못해본 일이었다. 현실이 아닌 것처럼 느껴졌다.

"조선에서 수많은 전투를 경험했지만 오늘은 기분이 이상합니다. 장군!"

이울은 곽재우를 따라 공격을 감행하면서 격앙된 심정을 토로했다. 그들뿐이 아니라 조선의 군사 전원은 미묘한 감정에 휩싸여 있었다. 침략을 당해만 보았지 결코 침략자가 되어보지 못했던 조선의 병사들이었다.

"타앗!"

우렁찬 기합과 더불어 암석에 숨어있던 왜군 병사 수 명이 장창과 칼을 휘두르며 기습을 해왔다. 곽재우와 이울은 흠칫 놀라워했다. 단지 수 명의 왜나라 병사가 터무니없게 달려드는 그 광경이 낯선 것이었다. 도저히 상대할 수 없는 숫자의 조선군을 보고서도 용감하게 달려드는 무모함이라니.

"죽음을 두려워하지 않는 비장함의 무사도! 배를 가르는 할복割腹을 태연하게 자행하는 그들이 일본인입니다."

김충선이 방아쇠를 당기며 중얼거렸다. 총성과 동시에 병사가 꺼꾸러졌다. 다른 왜군들은 의병들이 발사한 화살에 의해서 고슴도치가 되어 죽어 넘어갔다.

"천황이 대피하기 전에 미리 도주로를 차단해야 합니다. 우선 덴노의 성으로 긴급히 출동하겠습니다."

김충선은 이울과 함께 20명의 철포대원과 30명의 의병, 승병을 조직하여 일본의 외곽 성에서 탈취한 말을 이용해 천황이 머무는 고쇼를 향해 질주해 갔다. 곽재우와 삼혜는 그 뒤를 따랐다. 김충선의 예상은 적중했다. 조선군의 기습을 보고 받은 고요제이천황後陽成天皇은 가솔들을 이끌고 황급히 탈출을 감행했지만 교토를 벗어나지 못하고 김충선의 척후대에게 제지당했다.

이울은 조선군을 대표하여 정중히 왜나라 천황을 포박하였다.

"조선으로 모시겠나이다."

31장

×

불타는
교토

왜의 상징인 천황을 사로잡고 고쇼를 불태웠다.

통쾌해야 함에도 불구하고 그러지 못하다.

왜나라는 심각한 충격을 받았을 것이다.

이번 작전은 만족스럽다.

정기룡 장군의 공로가 대단하다.

곽재우 의병장, 삼혜 승병장도 훌륭하다.

김충선은 말 할 것도 없다.

그들의 충정으로 조선의 위대함을 입증했다!

-이순신의 심중일기 1597년 정유년 3월 27일 정사-

"천황이 조선의 포로가 되었다고?"

일본 통일의 배후에서 때를 기다리고 있던 도쿠가와 이에야스德川家康는 긴급보고를 받고 신음을 삼켰다. 복사꽃 잎사귀가 바람결에 날아와 조선의 도공이 빚은 찻잔에 떨어졌다. 잎은 연분홍으로 변하였고 이에야스는 그 찻물을 꽃잎과 함께 들이켰다.

'드디어 때가 도래한 것이다!'

그는 삼 년 전에 자신을 찾아왔던 낯선 방문객을 기억해 냈다. 본인을 사야가라 소개했던 사내는 진중했으며 비범한 무장이었다. 당시 그가 내뱉은 말은 충격적이었다.

"영주님이 일본의 천하인天下人이 되실 수 있도록 돕겠습니다. 조선은 이순신! 일본은 도쿠가와 영주님! 이 양대 기둥이 조일 평화를 이루어내야 합니다."

일본의 사무라이면서 조선의 무장이 되어 등장했던 그와의 당시 밀약이 실현되고 있었다.

"천황을 구해야 한다. 미치야쓰와 우키다의 좌우군대를 동원하고 대기시켜라!"

이에야스는 긴급하게 명령을 내렸으나 무슨 이유인지 출동은 자제하고 있었다.

"오사카의 관백 히데요시의 움직임은 어떠한가?"

"예. 교토 근교의 동원 병력 5천을 호소카와와 하시바에게 주어 출동시켰습니다. 동시에 왜란에 투입할 예비 병력 중 4만 명을 추가로 파견했답니다."

이에야스는 고개를 흔들었다.

"인질로 삼은 천황을 죽게 할 심산인가? 쯧쯧… 히데요시의 야망이 끝내 일본의 화를 자초 하는군."

"미치야쓰와 우키다의 출전 명령은 어찌 하오리까?"

"나도 함께 간다!"

도쿠가와 이에야스가 나서자 부하들이 전원 놀라며 만류했다.

"영주님, 왜 이러십니까? 위험합니다."

"조선군의 전력도 제대로 파악되지 않았사옵니다. 아직은 시기가 아니옵니다. 히데요시가 저질러 놓은 사고를 어째서 우리가 수습하는 겁니까?"

"즉시 나를 따르는 영주들과 참모들을 비상소집 시키고 군대의 동원령을 발동하라! 난 천황의 구원을 위해 먼저 출동한다."

그는 막후 장수들의 고집을 꺾고 구원병의 선두를 자청했다. 미치야쓰와 우키다의 각 1천 명씩 2천의 병사를 손수 이끌었다. 히데요시 역시 광분하여 5천의 병력을 급파하며 거품을 물었다.

"절대 놓쳐서는 안 된다. 교토로 침투한 조선군들을 전멸시키고 천황을 구하랏!"

예상치 못한 조선군의 기습으로 도요토미 히데요시는 뒤통수를 호되게 얻어맞은 기분이었다. 어이가 없고 참담하였다. 교토의 습격은 전혀 상상할 수 없는 충격이었다.

"설마 조선군이 내륙으로 침투하여 천황을 노리다니! 이게 대체 누구의 전략인가? 오호… 맙소사. 적장을 사로잡아 산 채로 씹어 먹어도 시원하지 못할 것이다. 조선을 통째로 유린할지라도 교토의 천황에게 변고가 발생했다면 이것은 부끄러운 승리인 것이다."

히데요시의 명령을 받은 호소카와와 하시바는 단숨에 군사들을 몰아서 교토로 진입하였다. 천황의 고쇼가 불타오르고 있었다. 시신덴과 세이료덴이 잿더미로 변해가며 역겨운 흔적을 뿜어냈다. 코를 찌르는 메케한 냄새와 검은 연기는 처절한 귀신의 살풀이처럼 너울거렸다. 조선의 경복궁이 불타오를 때도 검붉은 재는 슬픈 역사의 한이 되어 거리를 물들였던 것처럼 일본 천황이 머물던 고쇼도 예외는 아니었다.

"죽인다!"

호소카와와 하시바는 눈이 뒤집혔다. 그들은 5천의 군사를 이끌고 맹추격을 감행했다. 교토에 진입하여 정보를 수집한 결과 기습공격에 참여한 조선의 군사는 불과 1천 명도 되지 않았다. 망설일 이유가 전혀 없었다.

"놈들이 천황의 일가를 사로잡아 해안을 벗어나기 전에 구조

해야 한다! 전원 돌격 앞으로!"

그들은 밤새 쉬지 않고 이동했다. 그래서 드디어는 교토의 외곽에 1차 매복 중이던 정기룡의 조선 정예병과 마주치게 되었다.

"기다리고 있었다."

정기룡은 이 순간을 고대하며 역시 밤잠을 설치고 있었다. 새벽의 안개를 뚫고 질주해 오는 왜군은 그대로 좋은 사냥감이었다. 1천 명의 조선군 매복조는 정기룡 장군의 수신호를 기다리며 긴장하고 있었다.

"지금이다! 쏴랏!"

정기룡의 고함과 동시에 사정권 내에 들어온 히데요시의 추격대를 향해서 궁노수弓弩手들의 화살을 퍼부었다. 마치 소낙비처럼 화살이 천지를 뒤덮었다. 오로지 추격에만 여념이 없던 일본의 병사들은 돌발적인 조선의 공격에 크게 당황하였다.

"적의 기습이다! 물러서지 마라! 적의 병력은 보잘것 없다!"

호소카와와 하시바는 우왕좌왕하는 군사들을 독려하며 달려들었다. 그러나 조선군은 이미 철저한 공격 준비를 하고 있었다. 이선에서 준비하고 있던 김충선과 철포대원들의 장전된 화승총이 발사된 것이다. 심지가 타들어가는 미세한 소리와 동시에 굉음이 천지개벽을 터뜨리고 화약내가 진동하였다. 사방에서 비명이 울려 퍼지며 말과 사람이 한꺼번에 죽어 넘어갔다. 지옥이 따로 없었다. 일본의 두 장수는 고함을 치며 전진하려 했으나 아우성치는 군사들과 뒤엉켜서 공격이 불가능했다.

"사수! 발사하라!"

희미한 새벽안개를 뚫고 또다시 시위를 벗어난 화살이 추격대에게 작렬하였다. 일본군이 자랑하는 조총의 방아쇠도 당겨보지 못하고 무참히 꼬꾸라졌다.

"일단 퇴각이다! 물러나라. 후퇴한다!"

히데요시군은 급기야 물러설 수밖에는 다른 방도가 없었다. 이들은 이 한차례 전투에서 군사의 반 이상이 희생당하였다.

"이번에는 우리가 추격하여 섬멸합시다!"

정기룡 장군이 패배하여 도주하는 히데요시군을 뒤쫓아 공격하자고 제안했다. 김충선이 말렸다.

"장군, 그러실 필요는 없소이다. 우리의 목적은 안전하게 고요제이천황을 조선으로 모시는 것입니다."

"그들은 곽의 병장의 호위를 받고 무사히 빠져나갔을 것이요. 이런 기회가 또 어디 있겠소? 왜나라를 누비며 마음껏 우리 조선군사의 기개를 보여줘야 하오. 두번 다시 조선을 침략하지 못하도록 단단히 경고해야 하지 않겠소. 난 사기가 오른 군사들을 이대로 방치하고 싶지 않소이다!"

김충선은 그를 달래야 했다.

"장군의 말씀이 지당하오. 그러나 이번은 불시의 기습으로 성공하였으나 추격을 하게 되면 양상은 달라집니다. 여긴 적진이고 현재 우리가 점하고 있는 유리한 위치는 없어집니다. 아군의 피해도 감안해야 할 것입니다."

"음, 왜적의 땅에서 조선군을 희생시킬 생각은 추호도 없소이다. 그러나 그들이 조선에서 저지른 만행을 생각한다면…… 이

왜를 온통 피로 물들이고 싶소!"

"천황을 포로로 잡았으니 분명 조선의 평화가 찾아올 것입니다."

"정녕 그리 될 것이요?"

"도쿠가와 이에야스가 일본의 천하인天下人에 야심이 있다면 그리 됩니다. 반드시! 장군, 일단 우리도 퇴각을 서둘러야 합니다."

일본군은 이제 무조건 추격을 할 수 있는 상황이 아니었다. 그들은 진영을 재정비하며 날이 밝기를 기다려야만 했다.

"천황께옵서 적의 수중에 있소. 관백님의 질책을 어찌 감당하려 하시오. 척후병을 보냅시다."

그들은 파견된 척후병으로부터 조선군의 퇴각을 확인하고 다시 추격에 나설 수 있었다. 하지만 이미 날이 훤하게 밝은 후였다. 이들 부대는 해안에 접근하기 전에 이런 조선의 기습 저항을 두 차례 더 받았고 피해는 막대했다. 왜군 두 장수중 호소카와는 정기룡 장군에 의해서 중상을 당하고 하시바는 전사했다. 남은 군사는 고작 2백 명에 불과했다.

"무엇이라고?"

보고를 접한 도요토미 히데요시는 망연한 표정을 지었다. 대관절 조선의 군사가 교토에 얼마나 침투하였단 말인가?

"다데 마사무네의 예비 병력 4만은 어디 있는가?"

"지금쯤 조선의 함대가 정박하고 있는 해안에 도착했을 것으로 보입니다. 또한 도쿠가와 영주와 그 부대도 해안 근방에 진영을 구축했다고 합니다."

이 순간에 일본의 관백에 오른 무소불위無所不爲의 도요토미 히데요시는 아주 심상치 않은 느낌에 전율했다.

"도쿠가와가 천황을 구원하기 위해 몸소 출정했다고?"

32장

×

반역 反逆

흐리다 개었다.

왜국의 천왕은 조선을 방문하여 조선 국왕에게 사죄하고
피해 보상을 해야 한다.

전쟁을 일으킨 히데요시는 천황의 명으로 자결해야 한다.

조선과 왜국의 우호적 사절단이 교류될 것이다.

평화가 도래 했으나,

나 이순신은 그러하지 못하다.

그들의 죄악은 나의 온 몸을 치욕恥辱으로 물들였다.

용서는 나의 손에서 너무 멀리 있다.

-이순신의 심중일기 1597년 정유년 3월 28일 무오-

"조선의 남해 바다 수호신이라 칭하는 장군을 만나게 되어 기쁘기 한량없소. 반갑소이다! 진심으로 존경했습니다."

도쿠가와 이에야스가 호위무사들의 경호를 받으며 함선으로 오른 직후 김충선의 안내로 가장 먼저 이순신을 찾았다.

"환영하오! 본래 왜란을 반대하셨다고 들었소이다. 좋은 결과가 있기를 기대합니다."

이순신은 답례하면서 상대를 눈여겨보았다. 육중한 체구에 상당한 장신이었으며 매우 온화한 인상을 풍기고 있었다. 하지만 간헐적으로 보이는 눈매는 총기가 돋보였다. 김충선이 의병장 곽재우와 승병장 삼혜, 정기룡 장군 등을 소개했다.

"조선의 의병과 승병들이 대단한 활약을 보이고 있어 전쟁의 기한이 자꾸 연장 된다는 소리를 들었습니다."

"그렇습니다. 결코 조선의 백성들은 무력에 의해서 지배당하지는 않을 것입니다. 그들은 자꾸만 봉기할 것입니다."

도쿠가와 이에야스는 이미 조선의 전시 상황에 대해서는 누구보다도 상세히 알고 있었다. 그와 히데요시와의 마지막 승부를 남겨 두고 있기에 조선의 정세에 민감할 수밖에 없는 것이었다.

"히데요시가 그런 조선인들의 정서를 모르고 함부로 무례한 도발을 감행하였음에 일본인으로서 깊은 사과를 드립니다."

이순신이 단호하게 선을 그었다.

"전쟁을 일으킨 자들은 반드시 끝까지 책임을 져야 할 것입니다."

"용서해 주시기 바랍니다."

도쿠가와 이에야스가 이순신 장군 일행을 향하여 사죄로 고개를 굽혔다.

"이후로는 양국 간의 갈등이 발생하지 않기를 희망하며 조선과 일본의 우호를 위해 통신사 교류를 하는 것이 어떨까 싶소이다."

파격적인 제안을 하는 도쿠가와 이에야스가 이순신의 마음을 약간 움직이고 있었다.

"훌륭한 생각이십니다만 그보다는 하루라도 빨리 조선의 전쟁을 끝내고 평화를 되찾는 일이 시급합니다."

"적극 협조하도록 하겠습니다."

김충선이 그들의 대화에 끼어들었다.

"그래서 아뢰옵니다. 우린 고요제이천황에게 이번 전쟁을 일으킨 원흉 도요토미 히데요시를 처벌 할 것을 요구했고, 왜나라 천왕이 조선의 국왕에게 직접 사죄하며 전쟁으로 인한 피해와 보상을 청구할 작정입니다.”

도쿠가와 이에야스는 예절 바른 자세로 공손히 입을 열었다.

“우선 천황을 뵙고 싶소이다.”

“그러시지요. 최선을 다하여 모시고 있습니다.”

영주 도쿠가와 이에야스는 천황을 만나게 되자 급히 신하로서의 예를 취하였다. 고요제이천황은 그의 손을 움켜쥐었다.

“관백의 욕심이 너무 과하여 이웃 나라에게 큰 죄를 범하고 말았으니 장차 이 죗값을 어찌 갚으리오.”

“도요토미 히데요시는 조용한 아침의 나라 조선을 탐하여 감히 천황을 기만하고, 본인의 야망으로 인하여 군사를 동원하였나이다. 그 결과 오늘날 천왕께옵서 조선 군사들에 의하여 치욕을 당하시게 되었으니 이 모든 것은 그의 죄로 인한 것이라 사료되옵니다.”

“그렇다면…?”

도쿠가와 이에야스는 한치의 망설임도 없었다.

“천황의 교지를 내려 주시옵소서. 신이 뜻을 받들어 각 영주들에게 통보하여 조선의 전쟁을 끝내고, 도요토미 히데요시를 응징하겠나이다!”

“그리하라!”

고요제이천왕 역시도 깨끗이 동조하였다. 이제 남은 일은 도쿠가와 이에야스의 명령에 따라 일본 최대의 격전이 벌어질 것이다. 천하를 두고 드디어 승부를 겨룬다.

‘이제야 원숭이 같은 히데요시를 무너뜨릴 명분이 생겼다. 본

래 일본 천하의 주인은 내가 했어야 옳았다.'

도쿠가와는 감격스러운 모습으로 천황의 전면에서 무릎을 꿇고 명을 받들었다.

"히데요시는 정명가도征明假道의 명분으로 이웃 나라 조선을 침략하여 방화와 약탈, 무고한 인명을 살상함으로 일본 천황가의 명예를 크게 손상시키고 오늘날 조선과 일본의 대 환란患亂을 발생시켰도다. 또한 일본 내의 군사와 영주들을 무차별 전쟁에 동원하여 희생시킴으로써 태평성대太平聖代를 원하는 천황의 도를 무시하고 각 영주들의 뜻을 경시輕視하였다. 따라서 관백을 삭탈관직하고, 광기狂氣의 죄업을 물어 천황의 의지로 할복割腹을 명하노라!"

고요제이천왕으로부터 명분을 확보한 도쿠가와 이에야스는 즉각 4만의 예비 병력을 지휘하며 달려 온 다데 마사무네를 접견했다. 일본 천하를 석권하기 위한 첫번째 행보였다. 동시에 그는 히데요시를 압박하기 위한 수단으로 관동과 관서 지역의 영주들에게 천황의 명령을 전달하였다.

"마침내 본 다이묘가 천황의 명을 받들어 히데요시의 광란狂亂을 응징하겠노라!"

사야가 김충선은 도쿠가와 영주에게 조선인으로 간곡히 요청했다. 이미 그가 꺼낸 제안을 보다 확고하게 유지하고자 함이었다.

"조선과 일본의 우호적 평화가 유지되는데 최선을 다해 주십시오. 양국이 상호 통신사를 파견하여 평화 교류를 정착시켰으면 좋겠습니다. 사실 조선과 일본은 고대 시절부터 선린우호善隣友好의 나라들 아니었습니까?"

천황으로부터의 명분으로 일본 천하를 호령하게 된 도쿠가와 이에야스는 화답한다.

"귀하의 소중한 의지에 동의한다. 일본은 오래전 백제百濟 국으로부터 이루 말할 수 없는 도움을 받았다. 이제 그 은혜를 모르는 히데요시는 멸망하게 되어있다. 본 다이묘의 이름으로 약조한다. 향후 조선과는 예의禮義로 관계하리라!"

이순신은 무엇보다도 우선 해결해야 할 사안에 대하여 철저하게 강조했다. 그는 빈틈이 없었다.

"조선에 대한 전쟁 보상안을 빠른 시일내로 마련해 주오. 천황은 그 일정이 마무리되는 대로 환국還國하실 수 있을 겁니다!"

조선에 대한 피해 보상을 해야만 왜나라 천황을 돌려보내 주겠다는 강제적 위협과 다름이 없었다. 도쿠가와는 신의로 맹세했다.

"히데요시의 항복을 받아내고, 천황의 지엄한 분부를 시행한 뒤에 반드시 그러하겠소이다. 다이묘의 이름으로 서약 합니다."

"좋소!"

도쿠가와 이에야스와의 회담은 일사천리로 진행되었고 양측은 만족할 만한 결과를 도출해 내었다. 이순신은 왜나라 천황을 사로잡았으며, 도쿠가와 이에야스는 일본 천하를 손아귀에 넣을 수 있는 절호의 기회를 잡은 것이다. 조선이 탄생시킨 불멸의 신화 이순신과 일본을 석권하고자 기다려온 인내의 영웅 도쿠가와의 회담은 순조롭게 이순신 함대의 판옥선 위에서 마무리 되었다.

"이제 조선으로 회항한다!"

북이 울리고 격군들은 일제히 우렁찬 구호를 외치며 노를 저었다. 이순신의 함대는 고요제이천황을 태우고 유유히 왜나라 해역을 벗어나 동해 바다로 순항했다. 대장선으로 사야가 김충선이 찾아왔다.

"장군, 아버님! 이제 결단이 필요하십니다."

이건 또 무슨 소리인가? 설마 아직도 이순신의 나라를 입에 담는 것은 아니겠지? 라 생각하며 이제는 확실히 조선의 영웅이 된 이순신이 그를 바라보았다.

"할 말이 있느냐? 결단이라니? 그 의미가 무엇이더냐?"

김충선은 승리의 기쁨으로 노를 젓는 격군들의 노랫가락에 맞춰, 동해상의 함선 위에서 조선의 중대한 사안을 흥겹게 꺼내었다.

"조선의 주인이 되실 차례입니다!"

이순신은 다시 노기가 발동하려고 했다.

"네 놈은 지치지도 않는 것이냐? 세자 저하께서 보위에 오르시지 않았더냐? 조선의 왕은 광해군이시다!"

사야가 김충선이 고개를 가로저었다.

"선조의 핏줄로는 강력한 조선이 어렵나이다. 부디 눈을 크게 뜨시고 주변을 살펴 주십시오. 일본은 도쿠가와의 새로운 천하가 될 것입니다. 그는 매우 치밀하고 신중한 통치자로 태어날 것입니다. 명나라는 위급합니다. 그들은 부패의 극치를 달리고 있으며 머지않아 후금을 부르짖는 누르하치에 의해서 붕괴될 것입니다. 주변 나라들에서 새로운 왕조가 탄생 되어질 조짐입니다. 이러한 시기에 기필코 조선도 변해야 합니다!"

김충선의 목청은 푸른 하늘과 햇살을 담은 파도처럼 경쾌했으며 바다를 가로지르는 이순신 함대의 판옥선을 닮아 있었다. 그는 거침이 없었다.

"그러… 하냐?"

"반드시 그러합니다. 일본 천황을 사로잡은 아버님이 조선을 경영하시지 않는다면 조선의 임금 광해군은 다시 아버님에게 왕이 했던 방식 그대로! 아니, 이번에는 그보다 더 비열한 음모와 함정으로 장군의 목숨을 원하게 될 것입니다."

이순신은 이제 그의 말을 신뢰하지 않을 수가 없다. 그건 아니라고 부정하지도 못한다. 왜냐하면 이미 이순신도 조선으로 귀항 후에 벌어질 사태가 예측되기 때문이었다. 정녕 그 방법뿐이던가? 나 이순신의 방식대로 살아갈 길은 없는 것일까?

"바다가 보고 싶구나."

이순신은 대장선의 갑판으로 걸어 나왔고, 그 꼬리에 김충선이 찰떡처럼 붙었다. 설득을 끝내기 전에는 전혀 물러날 생각이 없는 모양이었다.

"기회를 부여잡지 못하면 조선은 희망이 없습니다. 아버님이 원하시는 조선을 세우셔야 합니다."

"……!"

이순신은 대꾸하지 않았다. 그의 시선은 먼바다에 머물렀다. 시퍼런 바다가 끝도 없이 펼쳐져 달빛을 잘게 부서뜨리고 있었다. 이순신은 침묵하였고 바다는 잠들고자 했다. 그러나 일본인도 조선인도 아닌, 아니 일본인이면서 조선인이 되어버린 조일인 김충선은 수면의 잔잔함을 그냥 두려고 하지 않았다.

"장군, 이대로 포기하신다면 허약한 조선은 비굴해질 것입니다. 백성은 피폐해지고 왕조는 어느 누군가에 의해서 멸망할 것입니다. 이순신이란 명성은 역도逆徒로 남겨지게 될 것입니다."

이순신의 입을 기어코 열게 만드는 그것은 역모逆謀였다.

"역도로 역사에 기록된단 말이지?"

"대업大業를 성취하시면 새로운 왕조의 군주가 되십니다. 역사의 주인이 되시는 것입니다. 그러나 시도하지 않으면 자연 역도로 몰려서 멸문당합니다. 장군에게는 사실 선택의 여지가 없습니다."

길은 오로지 두 갈래다. 혁명을 해도, 하지 않아도 그는 반역자로 죽게 되어있다. 이런 도박에는 이미 답이 나와 있다. 길은 본래 하나뿐인 것이다.

"광해군을 제거해야 하는 것이냐?"

"폐위시키고 유배해야 합니다."

"왕권의 권력자들이 그랬던 것처럼 그리고 끝내 죽여야 하는 것이겠지."

선조의 뒤를 이은 왕세자 광해군의 운명이었다. 사야가 김충선은 이순신의 조금 열린 마음을 파헤치고 들이댔다.

"좌의정 육두성, 이조판서 이우찬, 대사헌 홍진, 예조의 김찬, 호조판서 김수, 도승지 오억령, 전 판중추부사 윤두수, 전라도병사 원균 등 을 우선 베야 할 것입니다."

선조의 권력위에 아첨하다가 이제는 광해군으로 옮겨간 신료들이었다. 언제나 이순신을 경멸하고 당쟁만을 일삼던 부패의 주둥아리들. 이순신은 문득 중얼거렸다.

"사헌부 지평, 강두명이라고… 까마득히 어린놈이 날 희롱했어."

"버릇없는 놈이로군요. 그 놈은 소신이 직접 목을 베겠습니다."

"그러고 보니 선전관 조영이란 놈도 걸리는군. 표정 하나 변하지 않고 나를 기만 했어."

"그놈은 이미 자기들 편에 의해서 죽임을 당했습니다."

푸른 섬광의 아름다운 달빛 바다가 갑자기 핏물의 바다로 변하는 착각이 들었다. 이것은 또 다른 전쟁이었다. 언제나 개혁에는 필연적으로 희생이 불가피하기 마련이다. 김충선은 슬쩍 이순신의 거동을 살피면서 결정적인 한마디를 던졌다.

"마지막으로 반드시 베어야 할 장수가 또 있습니다."

이순신은 불길한 예감을 떨치지 못하고 고개를 돌려 응시했다. 그의 눈빛은 희생을 원하지 않고 있었다. 김충선은 잔인했다.

"도원수를 죽여야 합니다!"

도원수 권율, 그는 충신이었다. 권율을 처단하게 되면 그의 사위 병조판서 이항복도 제거해야 할 대상으로 떠오르게 된다. 이순신은 '왜?'라고 묻지 않았다. 그는 이제 또 끝없는 수평선을 바라보며 긴 침묵으로 빠져들고 있었다.

33장

×

춘몽
春夢

꿈인가?

일장춘몽一場春夢인가?

이순신의 나라를 위해서 난 꿈을 꾸었다.

왜나라 천황의 항복을 새로운 역사로 시작할 것이다.

이제 명나라가 아니라 여진이다.

누르하치를 만나보니 가치가 있었다.

그들은 강해질 것이다. 왜도, 여진도, 이제

조선도 나로 인해 매우 강해질 것이다!

조선의 도원수, 권율의 목을 베었다.

유성룡의 머리에 혼비백산魂飛魄散 하였다.

단지 꿈인가?

－이순신의 심중일기 1597년 정유년 3월 29일 기미－

칠일간의 항해 끝에 함대는 무사히 부산으로 입항했다. 척후선을 통하여 소식을 접한 도원수 권율과 영의정 유성룡, 병조판서 이항복 등이 마중을 나왔다. 그들은 이순신 함대의 승리를 환호하였고 왜나라 천황을 극진히 영접했다. 병조판서가 이순신에게 속삭였다.

　"왜에서 내전이 발생하여 조선에 침입했던 전 왜군이 앞다투어 퇴각하고 있소이다!"

　도쿠가와 이에야스와 도요토미 히데요시의 대규모 내전이 발생한 것을 의미하는 것이리라. 그리고 거기 조선의 평화와 이순신의 조선을 위해서 헌신하는 김충선이란 사나이가 존재한 것이다. 이순신은 울컥 감동이 복받쳐 올랐다. 바다와 항구와 육지에서 이순신을 연호하며 함성을 지르는 그 모든 것들에 대하여, 일본인이었으며 조선인이길 원했던 한 사내의 파란만장波瀾萬丈의 생애에 경외하며, 조선의 수군통제사 이순신은 역성혁명의 중심에서 마지막 전쟁을 점검하기 시작했다. 이순신은 제일 먼저 외교에 능한 조카 이분을 불렀다.

"명나라 전군도독부 도독이든지, 아니면 총병總兵이나 부총병副總兵을 가장 빠른 시일 내에 회동할 수 있도록 주선하라."

거사의 성공 여부는 명나라에 달려 있다고 해도 과언이 아니다. 현 조선에 진주進駐해 있는 군사의 수는 약 5만 여 명이었다. 명나라는 만일 일본과의 협상이 결렬되어 2차 왜란이 재발하면 20만여 명을 추가로 파병한다는 계획을 지니고 있었다. 새 왕조가 설립되려면 명나라의 승인을 반드시 득해야만 했다. 그러나 사야가 김충선은 그럴 필요가 없음을 이순신에게 역설했다.

"장군, 왜 이러십니까? 이순신의 나라를 명국으로부터 인정받으려 한단 말입니까?"

이순신의 장자 이회가 의아해하며 의견을 내놓았다.

"대국의 추인이 있어야 왕조의 정통성을 확보하는 게 아닌가?"

"형님, 그건 이순신의 나라에 어울리지 않습니다. 우린 일본의 천황도 포로로 잡은 무적의 군사들을 소유하고 있습니다. 명나라는 감히 이순신의 조선을 거부할 수 없을 겁니다. 아니, 어떤 경우라도 이제 우리는 주변국의 간섭을 받지 않는 당당한 나라를 세울 것입니다."

이분은 평소 학자답게 소신있는 행동을 하는 외교전문가였다. 그가 판단하기에는 김충선의 말이 합당하지가 않았다.

"왜의 천황을 사로잡아 항복을 받아냈다고 해서 명나라를 우습게 봐서는 안 돼. 대국을 겨우 섬나라와 비교할 수는 없지."

김충선이 발끈했다.

"만일 조선이 개입되지 않고 명나라와 일본의 전쟁이었다면 이 전쟁은 열이면 열, 일본이 모두 승리했을 겁니다."

이번에는 이순신의 둘째 아들 울이 고개를 저으며 나선다.

"에이, 그럴 리가 있나? 명나라의 대군을 상대로 어찌 왜적이 승리할 수 있단 말이야? 그건 아니다."

"그만큼 명나라 군사들이 형편없는 오합지졸烏合之卒 이라는 거지. 그들은 조선에 진입해서 우리 양민들에게 피해만 잔뜩 주고 실제 전투다운 전투는 몇 차례 해보지도 못했어. 환관이 판을 치는 썩은 나라에 강한 병졸이 있을 수 없는 이치야. 거기 비해 일본의 군사들은 단련되어 있어. 그들은 민첩하고 제대로 된 전력이야."

이분이 자존심이 상했던지 약간 따지듯이 물었다.

"아무리 그래도 명나라는 엄청난 대국이야. 절대 무시하고는 대업을 이룩할 수가 없을 거야. 장담하지만."

"분 형, 장담하지 마! 그럴 필요 없어. 현재 명나라를 노리고 있는 누르하치의 여진은 위협적인 존재야. 그들은 용맹한 칸의 부하들로 매일 단련하고 있어. 그들 부족은 거대한 목적을 지니고 있는데 그게 바로 잃어버린 금나라를 다시 건국하는 거야! 그 목표 아래 전체의 부족이 똘똘 뭉치고 있지! 그래서 그들이 훨씬 강해. 명나라는 멀지 않아서 붕괴 될 거야. 그런 명나라에게 우리가 왜 고개를 굽히고 승낙을 받아야 하는 건데?"

사야가 김충선의 분석은 상당히 예리했다. 또 근거가 존재하므로 설득력도 있었다.

"그럼 명나라 장군들과의 회동은 불필요한 건가?"

"그건 아니야. 장군님이 통보를 하는 것이지… 승인을 받기 위한 형식은 아니라는 거야. 회동해서 나쁠 것은 없어. 어쩌면 우리는 그들의 목을 누르하치에게 전달할 필요가 있을지도 모르고."

김충선은 눈 하나 깜빡하지 않고 대국 명나라를 거침없이 짓밟았다. 경청하던 이순신이 기어코 입을 열었다.

"충선아,"

"예… 장군…. 아버님!"

"네 말이 사실로 입증될 것이다."

실내에 은밀히 모여 있던 이순신의 수족들은 저마다 경악하고 만다. 그들은 설마 이순신이 그런 완전한 지지를 사야가 김충선에게 보내 주리라고는 상상도 하지 못했던 것이다.

"감사합니다."

"우리가 여진, 오랑캐라고 업신여기던 그들과 화친을 맺고, 명나라를 압박하자는 것이 너의 뜻이냐?"

김충선은 잠시 생각을 하다가 대답했다.

"아버님의 뜻을 왜 제게 물으시는 겁니까?"

"그래…? 넌 벌써 나의 의중을 읽었단 말이냐?"

김충선은 고개를 끄덕였다.

"물론입니다. 이순신의 조선이 지금보다도 강해지기 위해서는 대국 명나라를 적절하게 약화弱化시켜야 합니다. 그러기 위해서는 여진족의 칸 누르하치와 손을 잡고 명나라를 토벌한 뒤, 누르하치와 대국의 영토를 반으로 나누어 가져야 합니다."

이순신의 막하 가족들은 이 허무맹랑한 소리에 저마다 입을 떡 벌리고 누구도 반문하지 못했다. 대국의 영토 반을 조선이 차지한다? 이런 어처구니없는 일이 벌어질 수 있단 말인가? 그런데 이순신이 웃었다.

"누구도 왜의 내륙으로 역습을 가하리라고는 생각 못 했었다. 그걸 충선은 성공리에 완수했다. 다른 사람들은 전혀 꿈도 꿔보지 못하는 일을 그는 해낸다. 내가 추구하는 나라가 강해지기 위해서는 강력한 상상을 해야 한다. 감히 생각지 못한 발상을 해야 한다! 난 충선의 의견을 존중한다."

김충선이 손짓에 따라 머리를 맞댈 정도로 모두가 가깝게 모였다. 밀담을 나누기 위해서였다.

"보름 후, 왜 나라 천황이 조선의 왕 앞에서 항복 문서에 서명을 하기 직전에 거사가 이루어질 것입니다. 따라서 일본 천황의 항복은 새 왕조에서 하게 되며, 그 전날에 당쟁과 모략만 일삼는 대부분의 중신들이 처단될 것입니다."

그들은 호흡조차 흔들리지 않고 담대하게 말하는 사야가 김충선에 의해서 압도당하는 분위기였다. 김충선이 부탁했다.

"도원수 권율은 장군께서 직접 맡아 주십시오."

통제사 이순신은 어제의 이순신이 아니었다. 그는 새로운 이순신이었다.

"그러지!"

기왕에 결정한 반란이라면 반드시 성공해야 하는 것이 이순신의 철칙이었다. 임진왜란에서 그러한 무적의 불패 신화가 가능했던 것은 완벽한 준비였다. 성공에 대한 철칙과 완벽한 준비는 그를 언제나 승리자로 이끌었다. 김충선은 명나라와의 회동에 앞서 놀라운 신분을 지니고 있는 인물과의 밀담을 주선했다.

"누르하치입니다. 여진의 칸!"

단단해 보이는 체구에 코가 높고 부리부리한 눈을 지니고 있는 사십 대의 장한이 뒷짐을 지고 들어섰다. 제법 값비싸 보이는 장식품을 걸치고 있었고 보석이 박혀있는 칼을 두 자루나 차고 있었다. 북방의 오랑캐들을 하나로 통일했다면 그 위세와 자부심이 얼마나 대단하겠는가. 과연 누르하치는 일신에 자신감이 넘쳐흐르며 기운이 범상치 않았다. 이러한 인물이 몸소 전란의 조선 땅에 잠입했다는 것은 있을 수 없는 일대 사건이었다. 하지만 그 또한 누르하치란 걸출한 인물이기에 가능한 일이기도 했다. 내심 이순신은 감탄을 금할 길이 없었다.

'영웅을 만났구나.'

누르하치 역시 명성으로만 들어왔던 이순신에게 존경심을 표출하지 않을 수가 없었다. 조선을 위기에서 구해 낸 명장! 대 청나라의 시조가 되는 누르하치와 새로운 왕조 이순신의 나라를 꿈꾸는 이들의 회합은 밤이 새도록 길게 이어졌다. 그리고 일본 천황을 불모로 앞세워 이순신은 한성으로 올라왔다.

"도원수를 불러라!"

권율 역시 조선 왕에게 항복하는 천황의 굴욕적인 현장에 참
석하기 위해서 한성에 머물고 있었다. 이순신보다도 상관의 신
분이었으나 왜로 출정하여 천황을 포로로 잡아 온 후, 관직과는
별도로 전세가 역전되어 있었다. 도원수 권율이 즉각 방문을 해
왔다.

　"통제사가 날 부르실 때도 있습니다… 그려?"

　임진왜란 내내 조선의 안위를 위해 최선을 다한 노장군이었
다. 이순신은 그에게 머리를 조아렸다.

　"도원수! 부디……!"

　하지만 그도 전쟁터에서 잔뼈가 굵은 무장이었다. 이순신의
낌새가 이상하다고 느끼는 순간에 등 뒤에서 섬광이 사선으로
그어졌다.

　"크윽!"

　권율이 돌아보자 건장한 체구의 젊은 청년이 칼을 비스듬히
내려 잡고 있었다. 그는 몹시 긴장한 탓인지 땀으로 범벅이 되어
있었다.

　"넌 누구냐?"

　칼을 든 청년의 발음이 떨렸다.

　"이… 완!

　이순신의 조카 중 한 명이었다. 권율이 희미하게 웃었다.

　"떨… 지마라. 아주 잘… 했다."

　이순신은 대장검을 손수 꺼내었다. 고통을 덜어주는 것이 무
장으로서의 예우를 갖추는 일이다. 조카 완을 바라보고 있는 권

율의 목을 향하여 칼을 사정없이 내리쳤다.

'서걱!' 하는 징그러운 음향과 더불어서 피가 뿜어지고 목이 떨어졌다. 피는 선홍빛 선혈이었고 권율의 비명은 끝내 없었다. 이순신은 노장군의 수급을 아주 소중하게 수습했다.

"끝까지 노장군의 품위를 유지 하셨소이다."

이순신은 하얀 창호지에 도원수 권율의 피범벅의 수급을 올려놓다가 깜짝 놀라고 만다.

"이게 누구…? 서애 대감?"

어찌 된 영문인가? 서애 대감 유성룡의 목이, 거기 잘려있었다. 조선의 명재상이요, 이순신에게는 언제나 든든한 배경이 되어줬던 영의정이었다. 이순신은 이 순간 제정신이 아니었다. 분명 도원수 권율의 목을 내리쳤건만, 어떻게 유성룡의 목이 떨어질 수 있는가? 이순신은 짐승과도 같은 비명을 끝도 없이 질러댔다.

"으아아아!!"

그때였다. 누군가가 아득한 곳에서 자신을 부르며 흔들어 깨웠다.

"아버님, 울이옵니다. 정신 차리십시오. 알아보시겠습니까? 이제 모두 끝났습니다."

이순신은 벌떡 일어나 앉았다. 대장검도 보이지 않았고 유성룡의 머리도, 권율의 목도 보이지 않았다. 핏물에 잠겼던 모든 것이 사라져 버리고 없었다. 아들 울의 얼굴이 시야에 들어왔다. 수척한 모습이었다.

"아버님, 꿈을 꾸셨습니까?"

이순신은 감옥 안에서 반란의 꿈을 꾸었다. 왜의 침공도, 천황을 사로잡은 것도, 권율의 목을 친 것도 한낱 꿈에 불과했다. 왕선조의 자진自盡과 광해군의 등룡 역시 모두가 길고 긴 춘몽이었다. 그렇다면 이순신의 나라도 꿈이었던가?

"그랬던 모양이다."

"이제 풀려나실 수 있습니다. 아버님의 장계가 발견되었습니다."

"그래?"

"예… 아버님!"

이순신의 눈에서 여태까지 한 번도 보지 못했던 섬광이 어른거렸다. 눈물이 잔뜩 고여 있는 그곳에 핏빛이 머물러 있었다.

"장계가 발견되지 않았다면…? 그럼 어찌 되었던 거냐?"

"꿈을 꾸셨다고 하지 않았습니까?"

"그랬지."

"아마 그 꿈대로 되었을 겁니다!"

이순신이 야윈 몸을 처음으로 자기의 의지대로 일어났다. 아들 울이 부축했다.

"내 꿈대로 되었을 거란 말이지?"

이순신의 눈에서 의미를 알 수 없는 눈물이 떨어졌다.

34장

×

이순신의
꿈꾸는 나라

길은 외길이다.

반란反亂.

- 이순신의 심중일기 1597년 정유년 3월 30일 경신 -

이순신은 긴 잠에서 깨어나 몽롱한 의식 속에 있었다.

　"장군께옵서 심신이 허약하시어 오래도록 혼미해 계셨습니다. 이제는 기력을 수습하셔야 합니다."

　이순신은 잠깐 눈을 감았다. 교토를 기습하고 천황을 사로잡아 조선으로 당당히 귀국한 것이 생생하였다.

　"임진왜란의 원흉 히데요시는 처형했는가? 도쿠가와 영주의 군대가 승리는 했겠지? 왜적들은 남김없이 물러갔고?"

　이울은 부친 이순신을 물끄러미 내려다보았다. 이순신이 전혀 생소한 소리를 중얼거리고 있지 않은가? 옥중 수감으로 더욱 피폐해진 이순신의 몰골이 가슴 아픈 연민으로 뭉클 다가왔다. 자신도 모르게 코끝이 아리며 눈물이 핑 돌았다.

　"아버님은 아주 긴 꿈을 꾸시었군요. 왜의 수괴 도요토미 히데요시를 처형한 일은 없습니다. 적은 달라진 것이 없습니다. 단지 우리 아군이 달라졌습니다. 아버님의 무고가 밝혀졌습니다. 조정에 올렸던 서장이 발견됨에 따라 방면되실 겁니다.”

이순신의 파리한 안면에 미묘한 경련이 일어났다. 꿈이었다니? 교토의 한복판을 가로지르며 천황이 머무는 고소를 불태우고 항복을 받아냈던 그 통쾌함이 꿈이었다니! 방면이 되지 않아도 좋았다. 차라리 죽는 것도 괜찮다. 지난 왜의 기습 공격이 사실이라면 진정 어찌 되어도 좋았다.

게다가 이순신의 나라를 위한 반란이었다니!

‘꿈이라니… 참으로 허망하다.’

감옥은 허무라는 이름의 절망으로 심연深淵처럼 깊게 가라앉았다. 구덩이는 깊었고 손은 닿지 않았다. 이순신은 나락의 끝에서 허우적대며 부유浮游하는 꿈을 잡으려 했다. 다시 이순신은 아련한 의식 속에서 사야가 김충선을 만났다. 김충선이 그의 앙상한 편린片鱗 같은 손을 감싸 쥐었다. 온기는 없으나 극도의 아픔이 전해져 왔다. 그 손끝으로 걷잡을 수 없는 슬픔이 바다를 뒤덮은 왜적의 함대가 되어 밀려 들어왔다. 그 격노激怒를 김충선이 삼켰다.

“장군이 석방되시면 우린 다시 꿈을 꿀 수 있을 겁니다. 조선을 구하는 그 어떤 꿈이라도 이룰 수 있을 것입니다. 장군이 돌아오시면 그것은 얼마든지 가능합니다!”

이순신은 탄식을 토해냈다.

“그렇구나. 그렇게 되는 거였구나.”

이울은 마치 잠꼬대를 하는 듯한 이순신을 바라보면서 물었다.

"아버님, 괜찮으신 겁니까?"

"김 장군은…? 충선은 어디 있느냐?"

통제사 이순신은 혼미한 정신을 가다듬으며 그제서야 사야가 김충선의 이름을 찾았다. 이울이 이순신을 부축하였다.

"그는 어전으로 들어갔습니다. 상감마마에게 아버님의 장계를 가지고 독대하여 승부를 짓고 있습니다."

이순신의 흐렸던 눈빛에서 다시 일말의 서광이 번쩍였다.

"결과는. 아직 돌아오지 않았느냐?"

"통제사, 심려 마십시오. 우리는 그가 반드시 해낼 것이라 믿고 있습니다."

목소리의 주인공은 이순신을 안심시켰다. 이울이 재빨리 소개했다.

"아버님, 잠시 일어나시지요. 여기 아버님을 뵙고자 왕림하신 귀한 분들이 많이 오셨습니다."

이울의 부축을 받으며 이순신이 몸을 일으켰다. 제일 먼저 그의 시야에 들어온 이는 조선의 영의정 서애 유성룡이었다.

"서애 대감께서 어찌 이런 누추한 곳에 걸음을 하시었소이까?"

"통제사, 그 어디엔들 가지 않을 수 있겠소? 나라와 백성을 위한 충정으로 고통받는 장군을 위해서라면 내 지옥이라도 함께 해야 하지 않겠소?"

"지옥은 사양하겠소이다. 거긴 두 번 다시 갈 데가 못되오이다. 모실 수만 있다면 다음번에는 극락으로 모시겠소이다."

이순신이 빠르게 여유를 찾고 있었다. 그의 농담에 좌중의 분위기가 한층 밝아졌다.

"통제사는 꼼꼼하게 전황을 기록하고 군비를 조사하며, 작전도 치밀하게 점검하고 수군의 훈련 역시 반복해서 여러 차례 시행하는 등 장수로서의 행동이 완벽하다고 정평이 나 있는 분이거늘…… 오늘 뵈니 입담에도 소질이 있으시구려."

언제나 재치 있는 언변으로 사람들을 유쾌하게 만드는, 비상한 재주꾼인 병조판서 오성 대감 이항복이었다. 김충선에 대한 이순신의 번민을 안심시켜주던 목소리는 그에게서 나왔다. 이순신이 가볍게 묵례를 보냈다.

"이 사람은 죄인이온데 병권의 수장께서 오셨으니 감읍할 따름이외다."

이번에는 지중추부사 정탁이 이순신의 앙상한 손을 잡아주었다.

"죄인이 아님이 백일하에 밝혀졌소이다. 주상께서도 인정하시게 될 수순만 남아있습니다."

서애 유성룡이 정탁의 노력에 대해서 이순신에게 설명했다.

"여기 지중추부사도 통제사를 위한 명문의 신구차伸救箚 상소문을 상감마마에게 올렸으니 아마도 좋은 기별이 오리라 생각하외다."

이순신은 무릎을 꿇으며 북쪽 대궐을 향하여 절을 올렸다.

"성은이 망극하여이다!"

그러나 그의 정신은 푸르게 번쩍이고 있었다. 사야가 김충선과 장예지, 그들 젊은이들에게 약조한 민심에 대한 반역反逆의 꿈이었다. 김충선은 처음부터 마지막까지 오직 새 하늘을 여는 개천의 시대를 요구했었다. 그 또한 일장춘몽一場春夢이라는 생각을 지울 수가 없었다. 이번에는 홍의장군 곽재우가 이순신의 바로 앞으로 다가왔다.

"장군을 구명하는 데 있어서 가장 첫 번째 공은 바로 사야가 김충선이었소이다!"

병조판서 이항복이 감탄조로 거들었다.

"지당한 말씀이요. 어느 누구도 반론하지는 않을 것이요. 그의 노고는 참으로 컸소이다."

이순신은 사야가 김충선이 이순신의 나라를 만들기 위해 얼마나 부단한 노력을 해왔는지 모르지 않았다. 만일 장계가 발견되지 않았다면 그와 더불어 혁명의 불꽃이 타올랐을 것이다. 이순신의 두 아들 이울과 이회 형제도 눈물을 감추지 못했다. 그들도 이구동성으로 김충선에게 고마움을 표시했다.

"그는 하루도 쉬지 않고 아버님의 구명을 위해 견마의 노고를 펼쳤습니다. 우리도 감히 해내지 못하는 일을 해냈습니다."

조선의 영의정 유성룡도 찬사를 쏟아냈다.

"지난 한 달은 내 생애 가장 긴 한 달이었소. 그와 같은 열정을 지닌 조선의 충신, 장군의 충신은 처음이었소. 진이 빠지도록 나를 고뇌하게 만들었소이다. 김충선이란 반쪽 일본인을 죽어서도 잊지 못할 것이요!"

그들은 사야가 김충선이 꿈꾸었던 이순신의 나라를 알고 있었다. 곽재우는 주변을 둘러보았다. 홀로 임금과 독대하기 위하여 떠났던 비장한 각오의 김충선만 무사히 돌아오게 되면 모든 일은 원상 복귀되는 것이다.

그때였다. 거구의 노장군 권율이 허둥지둥 감옥 안으로 달려왔다. 도원수 권율의 신분으로 그러한 행동은 보기 힘든 일이었다. 긴급한 일이 발생했음을 전원 직감했다.

"어서 여기를 빠져나가야 하오."

그들은 일행 중에 없었던 권율의 등장에 반가워할 사이도 없이 경직되었다. 오성 대감 이항복의 반응이 제일 민첩했다.

"무슨 일입니까?"

도원수 권율은 탄식하며 사위 오성에게 무겁게 말했다.

"사야가 김충선이 선전관 조영을 살해한 혐의로 내금위에 추포되었다."

그들의 입에서 장탄식이 터져 나왔다.

"허억?"

"그것이 사실입니까?"

이 놀라운 소식에 모두 할 말을 잃었다. 이순신 역시 충격을 금할 길이 없었다. 사야가 김충선이 내금위에 제압당했다면 정세 상황은 심각해질 것이 자명하지 않겠는가. 이렇게 무력하게 대응했다가는 정말 끝장날 것이라는 생각이 퍼뜩 스쳐갔다. 왜나라를 향해 돌진했던 통쾌한 꿈, 민심을 위한 거병, 그 모든 것이 물거품이 되도록 물러설 수는 없는 것이다. 이순신은 일신을 꼿꼿하게 세우며 한 발 걸어 나갔다.

"도원수, 한 말씀 올리겠소이다."

권율은 갑작스러운 이순신의 발언에 대하여 즉각 반응하였다.

"통제사, 억울함이 풀어질 일만 남았다고 생각했는데 변고가 발생했소이다. 우리 모두는 통제사의 장계를 확인하였소. 그런데……"

이순신의 눈은 그 어느 때보다도 냉철하게 빛났다.

"사야가 김충선이 정말 조영을 살해했다고 믿으시는 겁니까?"

도원수 권율은 흠칫한 표정을 지었다. 병판 오성 대감 이항복이 고개를 흔들었다.

"그럴 리가 없습니다. 우리는 이미 그자 조영에게 목적을 달성하지 않았습니까?"

선전관 조영은 장계의 행방을 찾기 위한 수순의 하나였고 김충선은 이미 그 목적을 달성하였다. 하물며 장계 역시 광해군으로부터 취득하지 않았던가? 새삼 조영을 죽여야 할 이유가 없는 것이다.

"임금이 결국 통제사의 장계를 인정하시지 않으려고 하는 것이군요!"

정답은 거기에 있다고 중신들은 판단할 수밖에 없었다. 왕 선조는 기필코 이순신을 제거하기 위하여 협상을 요구하던 사야가 김충선에게 살해 혐의를 씌워서 구금했을 것으로 추정했다.

서애 유성룡이 비통한 심정으로 중얼거렸다.

"아아! 끝내 임금이 무리한 정국을 선택하시는구려."

밤새 상소문을 작성했다는 지중추부사 정탁은 눈물까지 글썽였다.

"이리되면 통제사는? 어…… 어이 되는 것이요?"

이순신의 입술이 미묘하게 실룩였다.

"가망이 없는 것이지요."

홍의장군 곽재우가 불현 듯 중인들의 틈을 비집고 나섰다.

"누가 가망이 없는 것입니까?"

곽재우의 부리부리한 두 눈은 금방이라도 섬광을 뿜어낼 듯 이글거렸다. 분노가 억압되어 있는 눈은 살벌하기까지 했다. 그러나 이순신의 답변이 걸작이었다.

"왕, 선조 말입니다. 진짜 대책이 없는 성상이십니다. 거절하시는 것이 아니었습니다. 군왕의 지위를 존엄하게 수호할 수 있는 길을 포기하셨습니다."

가망이 없는 것은 왕 선조를 가리키는 것이라고 이순신은 단정하고 있었다. 유성룡을 비롯한 신료들이 화들짝 놀랐다.

'통제사가 이상하다?'

'변했다? 어딘가 모르게 달라졌다. 다르다?'

이순신은 거침이 없었다.

"여기에 있으시면 모두 위험하십니다. 어서 물러나시어 사태를 파악해 주십시오. 만일 김충선의 결백이 입증되면 우리는 우리가 해야 할 일을 해야 합니다."

"해야 할 일이라면?"

곽재우가 조용히 중얼거릴 때 이순신이 마무리를 하였다.

"새 하늘을 열어야 합니다!"

* * *

　도원수 권율과 서애 유성룡은 내금위에 의해서 역시 의금부에 감금되어 있는 사야가 김충선을 면회했다. 조선 최상위층이 아니고서는 엄두도 낼 수 없는 만남이었다.

"장군?"

"통제사는 어떠십니까?"

　자신의 안위보다도 통제사 이순신의 안위를 염려하는 김충선이었다. 권율은 직설적으로 질문했다.

"통제사는 괜찮으시네. 그런데 정말 자네가 조영을 죽였는가?"

"그런 위인을 죽이는 시시한 장수 아닙니다."

　그들은 일제히 고개를 끄덕였다. 장계를 발견한 이상 조영을 살해할 이유는 절대 없는 것이다.

"그렇다면 임금의 흉계이신가?"

　김충선은 신중한 자세를 취하였다.

"소생과 마지막 헤어질 때는 좋았습니다. 식견도 탁월하시고 사리에도 밝았습니다. 우리의 의도를 이해 하셨고 포용하시기로 했습니다."

"그런데 왜?"

　김충선의 전신에서 살기가 어른거렸다.

"사헌부 지평 강두명이라는 위인이 등장하자 임금의 판단이 달라졌습니다. 흐려졌고 무뎌졌으며 선택은 최악이 되었습니다."

유성룡과 권율은 조선 최고의 문관, 무관이며 안목이 비상한 사대부의 수장들이었다. 그들은 순식간에 사태를 파악할 수가 있었다. 문득 사야가 김충선이 살기를 뿜어냈다.

"사헌부 지평이 감히 통제사를 희롱하고 소생에게는 살인의 누명을 씌었습니다. 이런 작자는 절대 용서할 수 없습니다. 목을 베어 그 수급을 통제사에게 바치도록 하겠습니다."

사야가 김충선은 살인 행각을 너무 쉽게 발설하여 유성룡과 권율을 당혹스럽게 만들었다. 마치 마음만 먹으면 언제든지 해결할 수 있다는 자신감의 표출이었다. 서애 유성룡은 그의 배짱과 담력은 물론이고 무력에 대해서도 인정하는 부분이 있었으므로 무시하지는 않았다. 그렇지만 감금되어 있는 몸으로 어떻게 그런 일을 자행할 수 있겠는가? 불가능한 일로 단정했다. 도원수 권율 역시 같은 생각을 하고 있을 때였다. 조선 최고의 문무대신 앞으로 화려한 미모의 여인 한 명이 등장했다.

"아… 율미?"

그녀는 자신을 여진 건주위의 공주라고 소개했다. 의금부의 감옥 내를 여유롭게 돌아다니는 일은 쉽지 않은데 그녀는 어떤 배경으로 이리 자유로운가? 그런 의문을 오래 가질 사이도 없이 아율미는 충격적인 목격담을 그들에게 털어 놓았다.

"목격했습니다. 조영을 살해한 사람은 사헌부 지평 강두명입니다."

* * *

　이순신은 곰곰이 사야가 김충선에 대해서 생각했다. 신기한
놈이었다. 왜인으로 살아가야 할 그가 왜 조선을 선택하였고, 자
신을 선택했을까? 조선인보다도 더 조선을 사랑하게 된 이유는
무엇일까? 이순신, 자신을 조선의 왕으로 만들고자 했던 그가
꾸었던 꿈은 어떤 것일까?
　왕을 위해서가 아니고 백성을 위해서 역성혁명을 절규하던 사
야가 김충선. 이제 그 젊은 조일인은 나 이순신으로 인해서 죽음
을 맞이하게 된다. 그럴 수는 없다! 이대로 포기하지 않을 것이
다. 난 사야가 김충선을 바다 끝의 보이지 않는 수평선처럼 깊이
멀리 신뢰한다. 그의 젊은 목숨을 위해서라도 난 봉기할 것이다!

* * *

　이 순간 조선의 왕 선조는 눈물로 호소하는 정탁의 명문 상소
신구차를 바닥으로 내동댕이쳤다.
　"내가 이순신을 이 따위 상소문으로 용서했을 것이라면 아예
의금부로 압송하지 않았을 것이다."
　면전에 사헌부 지평 강두명이 간살스럽게 허리를 굽혔다.
　"황공하옵니다."

좌의정 육두성과 이조판서 이우찬 등이 앞다투어 비방을 토해냈다.

"도원수 권율을 용서하지 마소서, 그는 적과 대치 중인 근무지를 이탈한 죄 죽어 마땅하옵니다. 국법으로 다스려야 하옵니다."

"영상 역시 통제사 이순신을 비호하는데 앞장서 군왕의 명을 따르지 않으니 이 또한 용서할 수 없나이다. 영상의 지위를 박탈하소서!"

왕 선조는 자신이 꾸몄던 졸렬한 음모가 발각되자 몹시 당황하였으나 그래도 권력을 보호하기 위한 방편으로 비열한 행동을 서슴지 않았다. 사야가 김충선을 살인범으로 척결하고 이순신의 장계를 무마시키겠다는 계략이었다.

"신 강두명이 전하의 상심을 씻어드리겠나이다. 항왜 장수 사야가 김충선을 고문하여 가짜 장계 일체를 자백 받고 이순신의 죄과는 물론이고 그와 관련했던 대소신료들을 색출하여 응징토록 하겠사옵니다. 윤허하여 주옵소서."

왕 선조는 크게 만족하였다.

"즉각 시행하라!"

* * *

길은 외길이다.

반란反亂!

"풀어줘, 풀어줘, 풀어줘!"

갓끈의 선비를 중심으로 장사치며 농부도 있었고 심지어는 중과 아낙네, 아이들도 상당수가 포함되어 있었다. 그들은 의금부 주변으로 몰려들며 목청 높여 요구했다.

"석방하라--! 이순신 장군을 석방하라!"

"귀선龜船의 영웅을 돌려 달라!"

"방면하라, 방면하라, 방면하라!"

돌려 달라, 돌려 달라, 아우성치는 백성들의 숫자가 점차 시간이 흐를수록 의금부 수옥囚獄 주변으로 늘어나기 시작했다. 이순신의 방면을 소리치며 봉기한 그들의 등 뒤로부터 각양각색의 복장을 하고 있는 의병들이 저마다 창과 활, 총기로 무장한 채 꾸역꾸역 몰려들기 시작했다. 그들 의병 중에 반듯하고 단아한 풍모의 여전사 한 명이 시선을 사로잡았다. 장예지였다. 이어서 승병과 관병들이 대열을 이루면서 보무도 당당하게 등장했다. 그 불어나는 숫자는 수천 명을 넘어서는 대규모였다. 지금 의금부 도사의 머릿속에 떠오르는 단어는 오직 하나였다.

'반역反逆이다!'

사야가 김충선은 이순신의 발아래 네모난 상자 하나를 개봉했다. 거기에는 채 피가 마르지도 않은 수급 하나가 덜렁 들어 있었다. 사헌부 지평 강두명의 목이었다. 이순신을 추종하며 따르던 영의정 유성룡과 도원수 권율, 의병장 곽재우는 이제 반역이 시작되었음을 새삼 깨달았다.

나 이순신이 꿈꾸는 나라는 강한 나라.
백성들의 생명과 재산을 지킬 수 있는,
백 년이고 천년이고 다시는 외부의 침략을 받지 않는
백성들이 안심하고 살아갈 수 있는 나라!!

길은 외길이다.
반란反亂!

- 이순신의 심중일기 1597년 정유년 3월30일 경신 -

감사합니다. 終